爾摩斯

目錄

★【推薦序】

蔡淑媖（中華民國兒童文學學會秘書長、磚雅厝讀書會會長）

讓經典名著串起代代閱讀的記憶

好的故事不會被時代所淘汰，好的故事總是一代傳一代，而在閱讀的時候，你不會覺得它不合時宜，也不覺得它很古老。

還記得女兒四歲時，我與她一同觀賞改編自《清秀佳人》的卡通影片，她著迷於紅髮安妮的表現，我則體會著瑪麗拉兄妹為人父母的心情。當安妮要離家求學時，瑪麗拉捧著安妮小時候的衣服背對著鏡頭哭泣，她感嘆時光過得太快，我忍不住也哭了。這時，女兒抱著我說：「媽媽，我不會那麼快長大，我不會離開你的。」童言童語惹得我破涕為笑。**經典故事就是這麼能跨越時空，同時打動兩代人的心。**

這套書裡面的故事都曾被改編成影片，因此，很多人即使沒有看過書，也都知道這些故事，而知道故事後再回來讀這些書，那感覺就像和老朋友會面一樣，既溫馨又甜蜜。

例如，改寫自中國長篇歷史故事的《岳飛》和《三國演義》，可說家喻戶曉，大家多多少少都知道一些精彩片段，若能重新再透過文字咀嚼一次，將片片段段組合起來，那不完整的印象便具體了，成了可以跟孩子分享的材料。

而《安妮日記》紀錄一段悲慘的歷史，透過一個小女孩的眼睛，讓大家看到戰爭的殘酷及人權被迫害的可怕，世界上人人生而平等，不管膚色、種族、性別，大家都有同樣的生存權利，這樣的態度在現今世界更需要存在。

談到「生存權利」，自然想到《海倫．凱勒》這本書，一個又聾又盲的女孩，要如何活出自己呢？在那個科技不是很發達的時代，聽不到、看不到的孩子要如何學習呢？想起來就讓人充滿無力感，可是，沙利文小姐憑著無比的耐心，對海倫循循善誘，讓她的人生出現了光明，這是非常激勵人心的真人實事，在我們佩服海倫之際，同時想想自己是否有克服困難的決心，大人小孩互相勉勵！

同樣以小女孩為主角的故事《海蒂》，敘述一位自幼失去雙親、由姨媽撫養的女孩，五歲那年被帶到阿爾卑斯山的牧場和爺爺生活，三年後又被帶到城市陪伴不良於行的小姐，女孩雖然樂觀開朗，卻壓力過大出現夢遊情形，最後重回她念念不忘的牧場，開心的過著簡單而幸福的生活。不同於小女孩的成長故事，屬於小男孩的《湯姆歷險記》則展現了另一種生活樣貌；而從男孩的冒險到青年的冒險，《魯賓遜漂流記》裡的主角則帶讀者遠航到更遠的地方，度過不可思議的荒島生活。不同於湯姆和魯賓遜在大自然中的冒險，《環遊世界八十天》的福克先生帶著我們馬不停蹄的繞著地球跑，過程刺激極了；更刺激的是《福爾摩斯》與華生的偵探故事，會讓人腦筋跟著動不停。

閱讀可以解放禁錮的心靈，讓人「身處斗室、心去暢遊」，當你的心乘著想像的翅膀飛向千里之外時，就像真的經歷了一趟豐富的旅行，這種美好的體驗，孩子們一定要擁有。

經典名著歷經數百年依舊在世上流傳，一定有它立足不墜的地方，不管家長陪孩子或老師引領學生，這些作品都是很棒的選擇。讓大家一起來閱讀經典作品，串起代代閱讀的記憶吧！

林偉信（台灣兒童閱讀學會顧問、誠品文化藝術基金會「深耕計畫」顧問）

這套【影響孩子一生的人物名著】系列中的主角們，沒有因為自己的出身或是生活環境的困頓，自我設限，自怨自艾，反倒都是**努力掙脫宿命的桎梏，積極追求生活中的各種可能發展**，創造出各種新的意義，為自己的人生書寫出一篇篇撼動人心的美麗篇章。藉由閱讀這些「人物」的故事，我們不僅可效法他們的典範，激勵心志，有勇氣去面對與克服人生中各式各樣的困難與挑戰，並且，也因為透過故事的閱讀，讓我們了解：「每一個人的作為背後都會有一段故事」，因此，在生活中，就更能了解個別特質、尊重差異，給予他人更大的關懷與慈悲。

張璉（東華大學歷史系教授兼圖書館前館長）

兒童接觸閱讀，多半是從寓言、傳說，或者童話、神話故事起步，在充滿異想、奇幻式的萬花筒世界中，可激發兒童豐富的想像力與好奇心，即便如卡通或兒童電玩也不例外，皆以饒富想像、靈活幻化的情節為題材，然後寓教於其中，逐步導引兒童認知這個多采多姿的世界。

人物故事或傳記就大不同了，不論是文學體裁或以傳記、日記的形式，都是以現實生活為場景描寫人生故事，與充滿想像、不受框限的題材迥異。現實人生既不幻化，也缺乏異想，更不似神話，**人物故事或傳記裡的主人翁，在現實世界中或因堅毅的生命、或品格操守、或智慧卓絕、或不畏艱險等等，不同的人生經歷皆可做為孩子們學習效法的典範。**

目川文化精選十冊人物故事叢書，有中外文學名著、日記及人物傳記，非常適合中高年級的兒童閱讀。大部分的小朋友不大主動閱讀人物傳記，需經家長或老師的引導，為他們開啟另一扇窗。閱讀人物故事，能更認識這個世界與中外古今人物典範。

讀安妮的日記，彷彿通過一位猶太少女的雙眼，看見為避納粹迫害而藏於密室的悲慘世界，也從安妮坦誠而幽默的文筆，讀到在艱困中的心靈成長。從命運坎坷的海蒂身上，可嗅出天真樂觀的特質，終而翻轉了頑固的爺爺，也改變身障富家千金的人生觀。從湯姆的歷險，看到一個古靈精怪的頑皮少年，在關鍵時刻竟然變得勇敢而正義。又如，熱愛航海的魯賓遜，不幸漂流至荒島，為了求生存，怎樣在孤絕環境下發揮強大意志力與求生本能，令人好奇。從福爾摩斯的辦案，可學到邏輯推理、細微觀察與冷靜縝密的思考。再如，精忠報國的岳飛，力圖恢復失土，率領大軍討伐金軍，卻遭奸人所害，雖壯志未酬，但他堅貞愛國的情操永留青史。中國「四大奇書」之一的《三國演義》，從劉關張到魏蜀吳，從諸葛亮到司馬懿，鮮明的人物形象與詭譎的智謀，既是談亂世的歷史，更是談仁義節操與智慧人生。

在眾多書海中，尤以人物故事對人們的影響最深，書中的主人翁能深入孩子的內心世界，與之同喜同悲，「品格教育 6E」第一步就是樹立典範（Example），因此，必須慎選優良的人物故事，不僅獲得人生智慧，更是品格學習的榜樣，為孩子及早建立形象楷模與正確的價值觀。

李博研（神奇海獅、漢堡大學歷史碩士、「故事：寫給所有人的歷史」專欄作家）

「想讓孩子揚帆出港，重要的不是教給他所有航行的知識，而是讓他渴望海洋。」這句話我一直銘記在心，在做文化推廣的漫漫長路上，這也一直是我的初衷。當孩子開始對一項事物感興趣，他自然而然會開始學習一切必要的知識。目川文化的〈影響孩子一生名著系列〉精選平易近人的十本經典【世界名著】、十本【奇幻名著】，到現在的十本【人物名著】，相信能讓孩子從閱讀故事的樂趣中，逐步邁入絢爛繽紛的文藝殿堂，實屬今年值得推薦的系列童書！

陳之華（知名親子教養、芬蘭教育專家）

許多父母總會心急又關切地詢問：孩子的成長中，有哪些是必備的養成養分？**我總以為，閱讀習慣的養成、閱讀興致的培養，是極重要的一環。**我兩個目前已成年的女兒，在孩童階段，就有多元與豐富的閱讀經驗，除了圖書館的借閱外，也在家裡的書堆中長大。

家裡的各類叢書，宛若一個小型圖書館，彙集許多經典書冊和孩子喜愛的兒少著作。這些書常常營造出一種氛圍，在每日的生活中，成了看似有形卻無形的一種吸引孩子去接近它們的養分。有書在家，不僅帶給孩子一個有故事、有各種插畫與繪圖的環境，也會讓她們感到心有所屬，更讓她們在每隔一段時日中，總會再次拾起同一本書去閱讀，因而產生年歲不同的領悟。

近日一項由澳洲國立大學進行的研究指出，**孩童在幼年時期，家中的藏書、叢書愈多，孩子在日後的認知能力與知識發展的表現，都將更佳。**的確，孩子往往能透過不同的故事，開拓他們對世界的認知能力與想像力，目川文化出版的【影響孩子一生的人物名著】系列中，涵蓋了十本東西方精采可期的人物故事，有二戰時期飽受納粹迫害的《安妮日記》、紅髮俏皮的加拿大女孩《清秀佳人》、美國兒童名著《湯姆歷險記》、瑞士阿爾卑斯山上的《海蒂》、成就不平凡自我的美國聾盲《海倫．凱勒》、流落荒島二十八年的《魯賓遜漂流記》、英國紳士的《環遊世界八十天》、英國著名偵探《福爾摩斯》、精忠報國的《岳飛》，以及非讀不可的中華經典《三國演義》。

閱讀這些已然跨越了年代、國家與文化的經典人物傳奇，認識有別於自己成長環境的國度、歷史和文化背景，透過閱讀書中主人翁的成長、生命或冒險故事，孩子將有機會學習到韌性、勇氣、堅持、寬度、同理等能力。而從這些不同的角色中，孩子也必然有機會從中對比或想像一下角色互換的情境與心境，從而了解自己可能的想法、勇氣與作為。

陳孟萍（新竹縣竹中國小閱讀寫作專任教師）

孩子的成長與學習需要典範！

閱讀一本好書，彷彿站在巨人的肩膀上，讓人看到更高更廣闊的世界；從書中人物所經歷的種種困境，更可以讓人在閱讀時感同身受，獲得共鳴。這一套【影響孩子一生的人物名著】，**正有如此的正向能量，能給予孩子們成長時內化成學習的養分**：

《安妮日記》在安妮的身上學到不向逆境低頭的正向人生觀。

《清秀佳人》在安妮·雪莉的身上看到堅持到底的毅力。
《海倫·凱勒》從海倫·凱勒的奮鬥懂得珍惜自己所擁有的一切。
《海蒂》在海蒂的成長中見證永不放棄的力量。
《湯姆歷險記》從調皮善良的湯姆身上，看到機智勇敢讓人激發出前進的動力。
《環遊世界八十天》在福克先生的冒險中，體會隨機應變、冒險犯難的精神。
《福爾摩斯》冷靜思考、敏銳觀察是福爾摩斯教會我們的事。
《魯賓遜漂流記》在孤立無援時，勇氣與希望是魯賓遜活下來的支柱。
《岳飛》直到生命最終仍然恪守「精忠報國」的誓言，是岳飛為世人樹立的典範。
《三國演義》從歷史事件鑑古知今，在敵我分明的史實中見賢思齊，見不賢內自省。
強力推薦這系列經典名著，給正值青春年少的孩子們最棒的心靈滋養！

許慧貞（閱讀史懷哲獎得主、花蓮明義國小閱讀推動教師）

為什麼要讀「人物傳記」的書

是什麼樣的人物，能夠經過時代的考驗，創造出一片屬於自己的天地，留下值得紀錄的典範？藉由人物傳記的閱讀，我們可以在這些名人身上，找到很多值得學習的美好特質，這對還在學習階段的孩子而言，可以說是相當重要的閱讀資源。

在孩子成長的過程中，難免不只一次地被問到：長大以後要做什麼？多數孩子的答案，可能也就是醫生、律師、老師、科學家……之類，很容易獲得大人賞識的標準答案，至於那是不是自己心底真心的期盼？可能都心虛地答不上來。

或者，未來對孩子來說還遙不可及，充滿了未知的變數，但同時也有著無限的可能，在滿懷期待與盼望的年少時代，**孩子多讀一本傳記，就像多交了一位豐富的朋友**。此時，讓孩子看看書裡的人物是如何認真的過日子，辛苦的為著理想奮鬥，其中的過程或許滿是挫敗，但他們終究還是闖出了屬於自己的一片天。

透過這些人物的故事，孩子或可從中領略出自己將來想成為一個什麼樣的人，而他們曾經走過的路，遇過的挫折，也將成為孩子人生路上最好的借鏡。

陳昭珍（臺灣師範大學圖書資訊學研究所優聘教授兼教務長）

陪伴所有父母親長大的不朽經典兒童名著！

劉美瑤（兒童文學作家、台東兒童文學所）

關於書籍規畫，目川文化真的很用心，尤其是在翻譯上面字斟句酌，讓整部作品讀來更有韻味，在上一套影響孩子一生的【奇幻名著】中，力邀我為每一本深入撰寫每部作品的文學價值。新的這套【人物名著】，選作兼顧中外名典，角色豐富，有勇猛剛毅的男主角、調皮卻不失真誠的頑童、慧黠溫暖的孤女，以及陷於逆境卻始終向陽生長的堅毅女孩。這套作品中，我尤其喜歡用微笑感動他人的海蒂，以及善於用文字逐夢踏實的清秀佳人安妮．雪麗。我推薦大小朋友們繼續支持，因為讀者不僅**能從作品裡的每一位人物身上汲取到愛的溫度、明亮的思考**，更重要的是藉由閱讀他人的故事，我們能擴展看待事情的角度，學會用兼具勇敢與溫柔的態度去面對未來的挑戰。目川文化【影響孩子一生的人物名著】，真誠推薦給您！

林哲璋（兒童文學作家、大學兼任講師）

莊子說：「寓言十九，重言十七，卮言日出，和以天倪。」意思是指他教導人明白「道」的方式，百分之九十用寓言，百分之七十用「重言」。「重言」者，為人敬重者之言（行）也。在兒童文學裡，就是傳記和人物小說。

目川文化在先前的影響孩子一生【奇幻名著】系列，已經將「寓言」的部分實踐；現在熱呼呼出爐的人物系列，正準備展現「重言」的傳道之效。【人物名著】系列，引導兒童向書中人物（傳記人物，寫實小說人物）學習仿效，由這些書中人物現身說法，或許比親師再多遍的言教都還管用，不是這麼說的嗎——身教重於言教！有些時候，平凡的我們不一定擔當得起身教之責，但沒關係，傳記裡、寫實小說裡有！

目川文化的兒童名著系列，有寫實的虛構，有虛構的寫實，充分融合了言教與身教。**這套【人物名著】每本書裡還準備了「專文導讀」，介紹時代背景及作者生平和故事理念，融合感性與知識性讀物的元素，一舉而數得。**

陳蓉驊（南新國小推廣閱讀資深教師）

鼓勵孩子學習典範

「模仿」是孩子的天性，孩子會看著父母、周邊親友、電視節目等行為而模仿著，所有進入他們年幼思想的印象都可能難以抹去，所以父母師長需要多製造機會，讓孩子接觸值得模仿的典範。除了父母的以身作則，透過閱讀人物名著讓孩子從各個角色的人格特質進行省思、批判與學習，漸漸成長形塑獨特的自己，是最值得推薦的方法。

這套【影響孩子一生的人物名著】規畫的書目包羅萬象，值得推薦：浪漫幽默的《湯姆歷險記》、溫暖感人的《海蒂》和熱愛生命的《清秀佳人》，讓孩子在輕鬆閱讀中看見青少年的勇敢正義、純潔善良與自力自強。充滿邏輯推理的《福爾摩斯》、呈現世界各地奇風異俗的《環遊世界八十天》，及征服自然的《魯賓遜漂流記》，可以讓孩子從成人身上學習到冷靜從容的理性態度、科學知識的運用與克服障礙的堅定意志。戰亂中求生存的《安妮日記》與創造奇蹟的《海倫．凱勒》，更能讓生活在和平年代、身體健康的孩子們感受在艱難困境中，仍對生命懷抱希望的努力與心路歷程。《岳飛》與《三國演義》裡流傳千古的民族英雄，想必讓孩子更覺親切。

故事中各個主角人物的鮮明特質、行為氣度與高潔品德，很容易獲得孩子的認同。父母師長不用對孩子費盡脣舌灌輸品德觀念，**只要鼓勵或陪伴孩子閱讀這些經典名著，帶著孩子一起認識這些典範人物，慢慢的，我們將在孩子身上看見美好的改變。**

專文導讀

游婷雅
閱讀理解教學講師
電台「閱讀推手」節目主持人

大家或許對卡通《名偵探柯南》並不陌生，柯南本身其實是一位名叫工藤新一的十七歲高中生偵探，在遭受犯罪集團的迫害喝下毒藥後，身體頓時縮小變成一年級的小學生，後來更在情急之下為自己取了柯南這個名字。而這個名字的由來是取自世界名著《福爾摩斯》這部偵探小說的作者柯南．道爾的名字。由此可知，《福爾摩斯》這部小說以及寫出這部小說的作者柯南．道爾，對於工藤新一這位日本高中生偵探而言，在心中占有不小的地位。

關於柯南．道爾

西元一八五九年出生於蘇格蘭愛丁堡的柯南．道爾，在其二十八歲時於一本年刊上發表了〈血字研究〉這個故事，讓福爾摩斯與華生醫師初次與世人見面。從此，便受到廣大讀者的迴響與喜愛，也更進一步促使柯南．道爾撰寫出五十多篇以福爾摩斯為主角的犯罪偵察故事。然而，柯南．道爾之所

作者，柯南．道爾 *1

1887 年以〈血字研究〉為主題的《比頓聖誕年刊》封面 *2

以能夠創作出如此膾炙人口的作品，與他本身的成長過程、所受的教育及經歷息息相關。柯南・道爾幼年時，父親因酒精中毒讓家人流離失所、家境困頓，在叔叔的資助之下，他才得以進入天主教學校接受教育。然而，在嚴守傳統教條的天主教學校裡成長，似乎也引發柯南・道爾對於僵化的宗教信仰產生更深層的思考。我們在〈血字研究〉這則故事中便可讀到與宗教團體（如：摩門教）有關的內容與省思。

柯南・道爾在愛丁堡大學醫學院學習，並取得醫學博士學位之後，便在前往西非的船隻上擔任船醫，並於回國後開業執醫。或許因為他的行醫之路並不順利，所

愛丁堡大學 *3

以就在他等著病患上門的空閒之餘，同時展開了他的寫作生涯。實際上，柯南．道爾曾發表過幾篇醫學論文倡導疫苗接種的重要性，還曾到維也納進行眼科研究，並取得眼科醫師資格，可見他是一位學習能力十分傑出的人。然而，在行醫事業上的跌跌撞撞與挫敗，或許也為全世界的讀者帶來了福氣——擁有閒暇空檔寫作的他，為了謀生而衍生了這些精彩的作品。

由於柯南．道爾具有豐富的醫學知識，再加上他欣賞周遭那些能夠從微小細節中觀察並歸納結論的人物，促使福爾摩斯這個善用鑑識科學的非傳統偵探和華生醫師這兩個角色得以成形，且相輔相成、相得益彰。

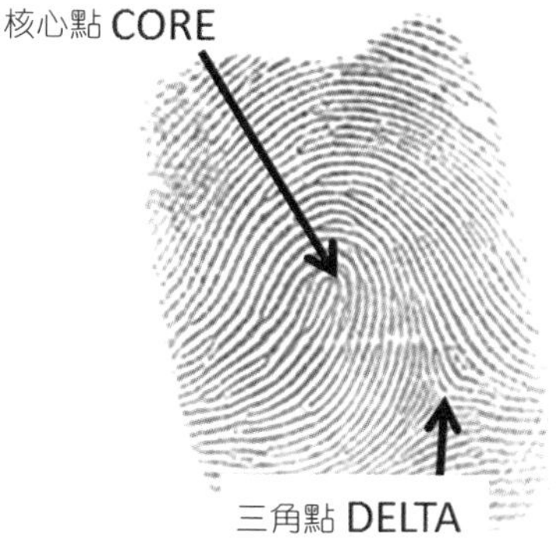

核心點 CORE

三角點 DELTA

指紋鑑別方式 *4

關於《福爾摩斯》

在小說中，故事的闡述者絕大部分是華生醫師，也就是從華生醫師的觀點來記錄案件的始末，以及福爾摩斯抽絲剝繭找出真相的過程。福爾摩斯是一位知識豐富且觀察力敏銳的犯罪現場鑑識人員，然而，華生的觀察力亦毫不遜色。華生總是能夠在一旁仔細觀察福爾摩斯的一舉一動，並且為他的案件偵察過程做出詳實的記錄。透過華生的提問與闡述，讀者得以進而瞭解福爾摩斯嚴謹、以小觀大的推理歷程。此外，在推理的過程中，所根據的不僅是明顯的線索證據，往往還加入許多科學推理。這樣的故事鋪陳加深了情節的精彩度，往往令讀者拍案叫絕。例如：

> 查爾斯爵士曾在那裡站了五到十分鐘，因為他的雪茄曾掉了兩次菸灰
>
> 《泰晤士報》的字體很特殊，採用的是小五號鉛字，與其他報紙使用的粗劣鉛字有著十分明顯的區別。

福爾摩斯與華生 *5

關於福爾摩斯與華生

華生與福爾摩斯同住的初期，便為這號人物的「腦袋」做了簡單的分析（請見〈血字研究〉中「夏洛克．福爾摩斯的知識範疇」段落），從中得知福爾摩斯究竟是個怎樣的人物，更了解到福爾摩斯對於「鑑識科學」的熱愛，以及他所有

的知識都是以能夠完成犯罪鑑識為目標。而與其略微不同的是，華生對於「人的觀察與分析」較為擅長，福爾摩斯的拿手項目則是觀察他的個案。

瑞士邁林根的「福爾摩斯紀念館」*7

關於《福爾摩斯》所帶來的影響

《福爾摩斯》一書當中擁有許多偵辦案件的方法，而這些方法的創立為鑑識科學帶來了重大的影響及改變。例如：將法醫學、彈道學、筆跡學、毒物學運用在現實的偵查辦案中，用以解析犯罪現場的痕跡、被害者的致死因素及兇手的動機等，以釐清罪案發生的經過。

英國倫敦貝克街 221B 的「福爾摩斯紀念館」*6

《福爾摩斯》的出版在全世界掀起一股「福爾摩斯熱潮」，而英國當地更建造了故事中的寓所作為紀念館，最廣為人知的是倫敦貝克街上的紀念館；另外還有一間則是建在瑞士邁林根（Meiringen）的紀念館。這兩間紀念館的共同之處，是按小說的描述還原了福爾摩斯與華生的起居室及使用物品等。英國的福爾摩斯紀念館於一八一五年建立，並被列入政府公共建築及文化遺產的名單內，足以見證福爾摩斯這位虛擬人物，在當時的現實社會擁有舉足輕重的地位；瑞士的福爾摩斯紀念館則是為紀念《福爾摩斯》短篇故事〈最後一案〉中，福爾摩斯與死對頭莫里亞蒂教授同歸於盡的「賴興河瀑布」（Reichenbach）而設立。

SIDNEY PAGET 1893

THE DEATH OF SHERLOCK HOLMES.

福爾摩斯與莫里亞蒂教授，〈最後一案〉故事場景 *8

瑞士，賴興河瀑布 *9

A Study in Scarlet

血字研究

RACHE

華生遇上福爾摩斯

一八七八年，我參軍成為軍醫，被派往阿富汗打仗。結果，我的肩膀不幸被敵人的子彈打中，割破了鎖骨下的動脈，讓我不得不在波舒爾的基地醫院養傷。傷養好後，我卻又染上傷寒。最後，醫生雖然保住我的性命，但我已無法再上前線。經醫生的同意，我搭船返回英國，繼續養病。

在倫敦這個城市，舉目無親的我只能住在租來的房子裡。我雖有豐厚的退伍津貼，但若一個人租屋，將會超過我所能負擔的開銷。就在這時，我遇到了老戰友小斯坦福。他告訴我，他有一個在醫院化驗室工作的朋友，也在找人合租房子。我很感興趣，便問他那是一個怎樣的人。

小斯坦福驚訝地望著我：「看來你從沒聽說過夏洛克．福爾摩斯！否則，你不會對他這麼感興趣。」

「怎麼了？難道他有什麼不好的傳聞嗎？」

「哦，不，不。我不是這個意思。只是他的思維和行徑有些古怪而已——因為

他老是熱衷於某些怪研究。但在我看來，他是個很正派的人。」

「他是學醫的？」

「不是，說起來，我也不清楚他在研究什麼。他精於解剖學，又是一流的藥劑師。不過，據我所知，他不曾有系統地研讀醫學，但是他頭腦裡那些稀奇古怪的知識，連他的教授都嘖嘖稱奇。」

「你從沒問過他在鑽研什麼嗎？」我好奇地詢問道。

「沒有。他不是會隨意說出心事的人。只有高興的時候，他才會滔滔不絕。」

「那我還滿想見見他的。如果非要和別人合租，我倒滿願意跟一位好學又沉靜的人同住。再說，我的身體還沒完全康復，也經不起吵鬧和刺激。告訴我，怎樣才能見到你這位朋友呢？」

小斯坦福說：「我現在就帶你去見他吧！他肯定在化驗室。不過先聲明，如果你和他處不來，可別怪我！他的個性實在太古怪，簡直就是科學狂，絕對會讓你受不了。比如有一次，他竟拿了一小撮藥給朋友嘗，因為他想弄清楚那種藥的效果；還有一次，我親眼看見他在解剖室裡拿著棍子敲打屍體，因為他想知道人死後還能造成怎樣的傷痕！」

我沒有被小斯坦福說的事情嚇跑，反而迫不及待地拉著他去見這位福爾摩斯先生，想一探究竟。我們走進一所大醫院的側樓，在一間很大的化驗室裡找到了正聚精會神工作的福爾摩斯，裡面幾張又矮又大的桌子上擺放著許多實驗用的器具。聽到我們的腳步聲，他回過頭瞧了一眼，接著突然大喊：「我找到了！我找到了！」他手裡拿著試管朝我們跑來，「我找到一種只有碰到血紅素才會沉澱的試劑！」我看即使是發現金礦，他恐怕也不見得比現在高興。

小斯坦福介紹我們認識之後，福爾摩斯熱情地握住我的手，然後說：「你好，看來，你曾在阿富汗待過。」

「你怎麼知道？」我吃驚地問道。

「這沒什麼。」他笑了笑，「不過現在要談的是血紅素的問題，你一定也知道沒有什麼比這個新發現更重要了吧！」

「從化學上來說，無疑是非常有趣的，」我回答道，「但是在實用性上……」

「什麼？先生，這可是近年來法醫學上最重大的發現！難道你還看不出來這種試劑能使我們在血跡鑑定上萬無一失嗎？請到這邊來。」他急忙拽著我的袖口，把我拖到他剛才工作的那張桌子前面。

「我們先抽點鮮血。」他一邊說，一邊把針筒刺進自己的手指，然後抽出一點血液。「現在，我將這少量血液加進一公升的水中。你看，得到的混合液外觀與清水無異，這是因為血在溶液中所占據的比例不到百萬分之一。但是，我相信我們還是能獲得一種特定的化學反應。」說完，他就把幾粒白色結晶放進試管裡，然後加了幾滴透明液體。不一會兒，溶液就變成了暗紅色，而一些棕色顆粒漸漸沉澱到容器底部。

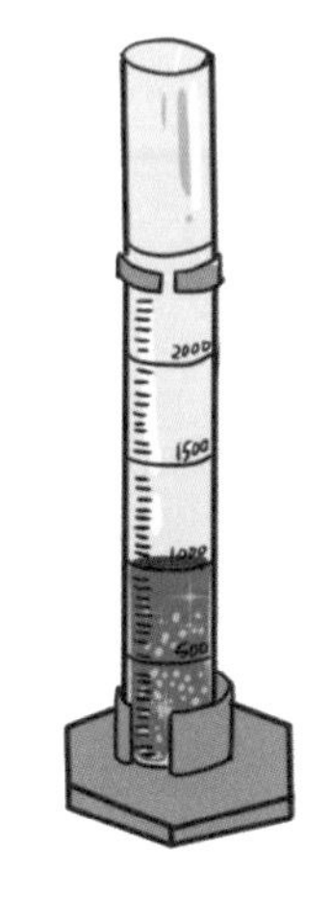

「哈！哈！」他拍著手，像小孩子拿到新玩具似地喊道：「你覺得如何？」

「看來這是一場非常精密的實驗。」我回答。

「妙極了！簡直妙極了！假如這個檢驗方法能早點被發現，那麼，現在世界上那些逍遙法外的罪犯早就受到法律制裁了。」

「所言甚是。」我喃喃說道。

這時，小斯坦福向福爾摩斯說明我來找他的目的。福爾摩斯對於我想與他合租房子感到非常高興，他說：「我已經看中貝克街的一棟公寓，我想，應該滿適合我們的。不過我平時會抽煙，有時還會在房間裡做些實驗，你會介意我身上的煙草和化學藥水的味道嗎？」

「當然不會，我自己也常抽『船』菸。」我說。

「讓我想想……我還有什麼別的缺點呢？有時我心情煩悶，會好幾天不發一語，遇到這種情形，請你千萬別以為我在生氣，只要讓我靜靜地沉思一會兒，這種壞情緒通常不會持續太久。那麼，你也有什麼需要告訴我的嗎？畢竟兩個人在同住之前，最好能夠彼此先了解一下對方的缺點。」

聽到他這樣說，我不禁感到有些好笑，但還是開口說道：「我養了一隻小虎頭犬；我曾受過刺激，所以最怕吵鬧；我每天的生活作息不規律。或許在我身體康復後，還會有其他壞習慣，但目前主要的缺點就這些了。」

「那麼，小提琴聲也包含在你的吵鬧範圍內嗎？」他焦急地問道。

「這就取決於拉琴的人了，」我回答，「技藝高超的琴手，會拉得悅耳動聽，但技巧不嫻熟的就……」

「哦，那還好。」福爾摩斯笑臉盈盈地說：「如果到時候你對那棟公寓還滿意的話，這件事就算商議好了。」

「那我們什麼時候去看房子呢？」

「明天中午你先到我這裡來，然後我們再一起過去。」

「好，那明天中午見。」

說完，我和福爾摩斯握了握手，便和小斯坦福一同告辭。回租屋處的路上，我突然停下腳步，轉頭問小斯坦福：「他怎麼會知道我在阿富汗待過？」

小斯坦福意味深長地笑了笑，說：「這就是他與眾不同之處，每個人都不明白他究竟是如何洞悉一切事物的。」

「哇！這真是個有趣的謎題！我開始感謝你把我們倆湊在一起了，畢竟『研究人類的最佳途徑，就是從具體的人身上著手』。」

「那麼，你得好好研究一番了。我先走了，再見。」小斯坦福離別前說道。

第二天，我與福爾摩斯一起去看了貝克街的那棟房子。看房子還不錯，我們便租下了，租金由兩人分攤。隔天，我們搬進公寓，開始適應新環境。

老實說，福爾摩斯並不是個難相處的人。他的生活很有規律，晚上必定在十點前睡覺；早上我尚未起床他便出門了。他大多數時間都花在化驗室或解剖室裡，有時也會整天躺在家裡的沙發上，一動也不動地思考。

幾個星期一晃而過，我對他的好奇也日益加深，因此一直默默地觀察著他。

福爾摩斯大約六呎高，身形瘦削，所以個子顯得格外頎長；他擁有一雙富含洞察力的雙眼，細長的鷹鉤鼻和方正的下巴使他顯得機警果斷、富有毅力。他的手上總沾滿墨水和化學藥品，操作科學儀器非常靈活熟練。他對某些方面的研究工作具有驚人的熱忱，而且知道許多稀奇古怪的知識。我將他頭腦裡的知識範疇逐一用紙筆列舉出來，內容是這樣的：

夏洛克．福爾摩斯的知識範疇：

壹、文學、哲學、天文學知識——無。

貳、政治學知識——淺薄。

參、植物學知識——不全面。對於顛茄和鴉片知之甚詳；對毒物的瞭解一般；對實用園藝學一無所知。

肆、地質學知識——偏重實用性，且非常有限，但能一眼分辨出不同種類的土壤。例如某次散步回來，他把濺在褲子上的泥點指給我看，並告訴我他能根據泥點的顏色和硬度，來判斷它們是在倫敦的哪個地方沾上的。

伍、化學知識——淵博。

陸、解剖學知識——精確，但毫無系統。

柒、驚險文學知識——精通，似乎對本世紀的每起恐怖案件瞭若指掌。

捌、小提琴拉得非常出色。

玖、可算是棍術、拳擊和擊劍的專家。

拾、具有豐富的英國法律知識。

我看完這張列表後，有些失望地把紙條扔進火爐裡，喃喃自語道：「如果把這些線索串連起來，仍無法知道福爾摩斯的行業，那我還是早點放棄比較好。」

前面我曾提及福爾摩斯拉小提琴的才能，他的琴藝確實不錯，但同時也和其他才能一樣怪異。比如說他可以整晚閉著眼，靠在扶手椅上隨意地撥弄琴弦，曲調時而高亢憂鬱，時而荒誕歡暢，顯然是反映著他當

時的思緒。對於他這些刺耳的獨奏，我感到非常不舒服，要不是他總在最後演奏我喜歡的樂曲作為補償，我早就暴跳如雷了。

起初我以為福爾摩斯也像我一樣，孤零零的沒有朋友。不久後，我就發現各式各樣的人都會來我們的公寓找他——每星期至少來三、四次的萊斯特雷德先生、穿戴時髦的年輕姑娘和滿頭白髮的老紳士等等。每當有客人來訪時，他總是請求我讓他單獨使用客廳，我也會照他的意思回去自己的房間。為此，他總是對我深表歉意：「這些人都是我的客戶，而我必須利用客廳來處理他們的事務。」

某天，我在雜誌上讀到一篇文章，內容是說一個善於觀察的人，如果對他接觸的事物加以精確而有系統地分析，絕對會有很大的斬獲。作者聲稱，從一個人瞬間的表情、臉部肌肉的抽動，以及眼睛的轉動，就可以推測出他內心深處的想法。我覺得這句話說得太篤定，雖有其精明獨到之處，但也未免有些牽強附會。

但福爾摩斯告訴我，這篇文章正是他寫的。他說，文章裡看起來荒誕不經的理論，卻是非常實際的，因為他本人就是一名偵探，最明白觀察的重要性。他還說，倫敦有很多警探和私家偵探，他們碰到解決不了的問題，就會來找他請求協助。

「你的意思是說，即便你足不出戶，也同樣能解決那些親眼目睹每個細節的人都無計可施的問題嗎？」我疑惑地問。

「大概就是那樣，我在這方面有一種敏銳的直覺。比如我與你初次見面，就斷言你曾去過阿富汗。為什麼？因為我經過一番仔細的觀察：你是一名醫生，卻有著軍人的氣慨，因此判斷你是位軍醫；你的臉曬得很黑，手卻很白，說明你原來的膚色並非如此；最後，你手臂的動作不大靈活，顯示出肩膀曾受過傷。一名英國軍醫曾待在熱帶國家，肩膀又受過傷，這不是已經很清楚了嗎？你肯定是剛從發生戰爭的阿富汗回來。」福爾摩斯回答。

這時，我突然看到街上一個體格魁梧、衣著樸素的人，手中拿著信封，不停地查看每一戶的門牌號碼，明顯就是個送信的人。於是，我順勢指著那個人說：

「嘿，過來看看，你能告訴我這個人在尋找什麼嗎？」

「你是說那個退伍的海軍陸戰隊軍官嗎？」福爾摩斯問。

正當我覺得福爾摩斯篤定我無法證實這項猜測而又在吹牛時，只聽見樓梯上傳來沉重的腳步聲，剛才那名被我們討論的壯漢就出現在門口。

「這是給福爾摩斯先生的信件。」他一邊說，一邊走進屋內，把信交給福爾摩斯。

這真是個可以挫挫福爾摩斯銳氣的好機會，相信剛才他隨口胡謅時絕對沒想過會面臨被戳穿的情況！我盡量用溫和的語氣問道：

「請問您從事什麼職業？」

「警衛，先生，」他粗聲粗氣地說，「我的制服剛好拿去修補了。」

「那您過去曾從事什麼工作？」我一面問他，一面瞟了我同伴一眼。

「中士，先生，我曾在皇家海軍陸戰隊服役。先生，需要回信嗎？不用？好的，先生。」他兩腳一併，舉手敬禮，隨即轉身離去。

血字研究

上述這段小插曲，讓我再次對福爾摩斯的判斷得到應證大感吃驚，同時對他的分析能力也更加欽佩，於是便追問他：「你到底是怎麼推斷出來的？」

福爾摩斯說：「那個人的手臂上刺著一個藍色大錨，這是海員的特徵；他的行為舉止有著軍人的風範，顯示他曾是個海軍陸戰隊成員；他昂首挺胸，從容不迫，且是個中年人，便可斷定他過去是個士官級的軍官。這樣明白了吧！」

我不禁喊道：「這真是太厲害了！」

「小事一樁。」福爾摩斯略為得意地說，彷彿我的讚嘆和欽佩讓他感到高興。接著他把剛收到的那封信遞給我，要我瞧瞧。以下是信的內容——

親愛的福爾摩斯先生：

昨夜，位於布利克斯頓路底的勞列斯頓花園3號，發生了一起凶殺案。今天凌晨兩點左右，巡警看見那幢平時無人居住的房子亮著燈，覺得有些不

RACHE

對勁便前去查看，發現空蕩蕩的餐廳裡有一具衣著整齊的男屍，從他身上找到幾張名片寫著「伊諾克・J・德萊伯，美國俄亥俄州克利夫蘭城」等字。男屍沒有被搶劫的跡象，身上也沒有傷痕。屋裡雖然有幾處血跡，但未發現任何能說明他死因的證據。我們深感此案棘手，希望您能在中午前抵達現場。

托拜西・格萊森

我們急急忙忙地來到布利克斯頓路。福爾摩斯堅持在距離那幢房子僅剩一百公尺的地方下車，並在人行道上走來走去，仔細地觀察周遭環境。

勞列斯頓花園 3 號看上去陰森森的。這裡共有四幢房子，兩幢有人居住，另外兩幢則空著，案發現場就是其中一幢空屋。空屋面向街道的牆面上有五扇窗，窗玻璃上貼著「招租」的告示；每幢房子前面都有一座小花園，將房子與街道隔開；花園裡貫穿著一條混合泥土和碎石的黃色小徑，昨夜的大雨使小徑看起來泥濘不堪；花園被三英尺的磚牆包圍，牆頭上還設有木柵。現在，花園周圍

擠滿了一群好事者，他們正伸長脖子往內張望，想要一探究竟。

福爾摩斯沒有馬上進屋，而是一會兒看看地面和天空，一會兒又看看對面的房子和牆頭上的木柵。接著又在花園裡的那條黃色小徑上來回踱步，仔細觀察路邊的草地。潮濕的小徑和草地上有許多腳印，但是由於警察曾來來回回地在上面踩踏，所以我看不出他能從中發現什麼。然而，他對事物敏銳的觀察力我早已深有體悟，因此我相信他一定能看出許多我沒發現的線索。

「你能來實在是太好了！現場所有的東西仍維持原狀。」一位手拿筆記本、頭髮淺黃、臉色蒼白的高個子從空屋大門朝我們走來，高興地對福爾摩斯說道。

「可是，那裡呢？」福爾摩斯指著那條黃色小徑和草地說：「即使有一群水牛從這裡走過，也不會弄得比現在更糟了。格萊森，你肯定認為自己已經得出了結論，才讓別人這樣亂踩，否則你不會允許這樣的事情發生。」

格萊森趕緊說：「我忙著處理屋裡的事情，屋外的事都由萊斯特雷德負責。」

福爾摩斯問：「你是坐馬車來的嗎？」

「不是，先生。萊斯特雷德也不是坐馬車來的。」格萊森回答。

「那我們到屋裡看看。」福爾摩斯說完，便大步朝空屋走去，格萊森跟在後面，表情有些驚訝。

屋內有一條短短的走廊通向廚房，地面上全是灰塵，走廊左右各有一扇門，其中一扇顯然已經很久沒有開過了；另一扇則通往餐廳，男屍就在這裡。

餐廳的格局方正，沒有擺設任何家具。牆面斑駁，有些壁紙已經出現發霉般的斑點，還有幾處甚至剝落下來，露出黃色的牆底；門對面有一個用白色仿大理石做成的壁爐，爐臺的一端放著一截紅色的蠟燭頭。餐廳裡只有一扇滿是灰塵的窗戶，以至於室內光線非常昏暗，讓積土塵封的屋裡蒙上了一層黯淡的色彩。

被害者就橫躺在地板上，一雙茫然無光的眼睛凝視著褪了色的天花板。那是一名大約四十三、四歲的男子，中等身高、肩膀寬大，有著一頭捲曲的黑色頭髮及短鬍子。他身穿厚重的絨毛長外套和淺色馬甲，搭配一件淺色長褲；身旁還有一頂嶄新的大禮帽。他雙手握拳、兩臂向外伸展、雙腿交叉，僵硬的臉上仍帶著驚恐的神情，好像在臨死前有過一番痛苦的掙扎。

這時，萊斯特雷德也來了。福爾摩斯指著地上的血跡問：「你確定他身上沒有任何傷痕嗎？」

格萊森和萊斯特雷德異口同聲地回答：「確實沒有。」

「那麼，這些血跡是另一個人的囉？也許是凶手的也說不定。」福爾摩斯指著地上的一攤血說。

接著，他解開被害者的衣釦仔細檢查，聞了聞被害者的嘴唇，又看了看被害者光亮的皮靴和靴底，然後問：「屍體完全沒被移動過嗎？」

「除了進行必要的檢查，都沒動過。」

「那麼你現在可以把他送去太平間了，」他說，「沒有什麼好檢查的了。」

就在格萊森的下屬把被害者抬上擔架時，一枚戒指突然滾落到地板上。萊斯特雷德連忙把它撿起來，仔細地觀察。

「一定有個女人來過。」他嚷嚷道，「這可是一枚女式婚戒。」

他一邊說，一邊伸出拿著戒指的手，給聚集在他周圍的人們看——這枚樸素的金戒指無疑是新娘配戴用的。

「你們還在他的身上發現了什麼東西？」福爾摩斯問。

「一只97163號、倫敦巴羅德公司製的金錶；一條又重又結實的艾伯特金鏈；一枚上面刻著共濟會會徽的金戒指；一個眼睛鑲有兩顆紅寶石的虎頭犬頭部圖案的金別針；一個含有印著『伊諾克．J．德萊伯』名片的俄國產名片夾和兩封信：一封是寄給死者德萊伯的，另一封是寄給他的秘書約瑟．斯坦格遜。這兩封信都是從美國交易所寄出，內容是通知他們輪船從利物浦出發的日期，這說明死者本來是想與他的秘書斯坦格遜一同返回紐約的。」格萊森回答。

福爾摩斯一邊問兩名員警有沒有去調查斯坦格遜這個人，一邊走出餐廳。格萊森說，已與美國俄亥俄州克利夫蘭城聯繫，並請對方隨時告知他們任何對案情有幫助的情報。

「你沒有提到你認為是關鍵性問題的細節嗎？」福爾摩斯詢問道。

「我向他們打聽了斯坦格遜這個人。」

「沒問別的？難道沒有其他可能涉及案件的關鍵情報嗎？」

格萊森生氣地說：「我在電報上已經把我該說的都說了！」

福爾摩斯微微一笑，正想說些什麼的時候，仍然待在餐廳的萊斯特雷德突然走過來說：「格萊森先生，我剛剛發現一件非常重要的事情。若不是我仔細地檢查了牆壁，這條重要的線索可能就被忽略了。」

「到這裡來！」他一邊說著，一邊快速地走回餐廳，並劃燃了一根火柴，然後舉起來照著牆壁。

「看看那個！」他得意地說。

原來，萊斯特雷德在餐廳的牆壁上，發現有一個用鮮血潦草寫成的字：

RACHE（瑞契）

「各位對於這個字有什麼看法？誰也沒有想到這個字會被隱藏在屋中最黑暗的角落，所以才會忽略。很明顯，這是凶手用死者或自己的血寫下的。看！這裡還有血沿著牆面流下來的痕跡呢！因此，這絕對不是自殺案件。至於凶手為什麼要寫在這裡呢？請看壁爐上這截殘存的蠟燭，案發當時它是被點燃的，所以這裡反而成了房間裡最明亮的地方。」

「就算這個字被你找到了，但那又有什麼意義呢？」格萊森不以為然地說。

「意義？你還不明白嗎？這意味著凶手原本是想寫下一個名叫『瑞契兒』的女人，但因為受到某些干擾而沒能寫完。記住我現在講的話吧！等到結案那天，你一定會發現有個名叫『瑞契兒』的女人與此案有關。」

此刻，福爾摩斯正全神貫注地在勘探現場。只見他從口袋裡掏出一把捲尺和一個圓形放大鏡，在房間裡不停地來回走動。他用捲尺測量牆壁，還小心翼翼地從地板上捏起一小撮灰色的塵土，並把它放進一個信封袋裡；接著，他又用放大鏡非常仔細地辨識、分析牆壁上的每個血字字母後，才把捲尺和放大鏡放回口袋。

檢查完後，福爾摩斯說他想見一見那名最先發現屍體的員警。萊斯特雷德說：「他叫約翰．蘭斯，現在已經下班了。如果你有急事，可以去肯寧頓公園大門街奧德利莊院４６號找他。」

福爾摩斯記下地址，並在離去前，告訴那兩名員警：「我和華生現在就去找他，而關於這起案件，我可以透露一些小提示。首先，這是一起謀殺案。凶手是個抽印度雪茄且身高六英尺的中年男子。從他的身材來看，腳似乎小了一點，穿著一雙方頭靴；另外，他是和被害者一同搭乘四輪馬車來的。這輛馬車只用一匹馬拉著，那馬有三個蹄鐵是舊的，只有右前蹄的蹄鐵是新的；最後，這個凶手很可能是個面色紅潤，且右手指甲非常長的人。這些都只是一些微不足道的線索，但也許能幫得上你們。」

萊斯特雷德和格萊森面面相覷，兩人的眼裡都透露著一絲懷疑。萊斯特雷德趕緊接著問：「那他是如何被殺死的呢？」

「毒殺。」福爾摩斯說，「還有一點，『RACHE』這個字在德文裡是『復仇』

的意思。所以，請不要浪費力氣去找什麼『瑞契兒』小姐了。」

說完這番話後，福爾摩斯和我便轉身離開，只剩下那兩位員警呆站在原地。

當我們離開案發現場時，已是下午一點鐘了。福爾摩斯和我一同去附近的電報局發了一封電報。然後，他叫了一輛馬車，並吩咐車夫送我們到萊斯特雷德說的那個地方。一路上，我問他剛才對於這起謀殺案的分析是否真的都有根據？因為我對他言之鑿鑿的結論抱持著些許質疑。

「當然，我的分析沒有任何錯誤。」福爾摩斯回答，「到達那裡時，我觀察到的第一件事，就是街道旁有兩道深深的馬車車輪痕跡，而這週只有昨晚有下雨，所以這輛馬車一定是在晚上抵達那幢房子；此外，四個馬蹄印中，有一個蹄印比另外三個都來得清楚，這說明那一個蹄鐵是新換上的；最後，既然這輛馬車是在下過雨後才抵達，格萊森又說整個早晨都沒人乘坐馬車到案發現場，就說明了凶手和死者是坐同一輛馬車到達那裡。」

「另外，一個人的身高，能從他跨出的步伐距離來判斷，而我是從屋外的泥

土和屋裡的灰塵量出了那個人的步伐距離。還有，人在牆壁上寫字時，往往都會寫在比視線高的地方，而牆壁上的字跡距離地面正好六英尺，那麼這人的身高還會有錯嗎？除此之外，方頭靴的鞋印也是在屋外的花園裡發現的；至於年紀，一個能夠毫不費力就一步跨出四呎半的人，絕不會是一個老頭子。」

「那右手的指甲很長和印度雪茄呢？」我緊接著問。

「牆壁上的血字是那人用食指沾著血寫的。我用放大鏡檢查出血字旁邊有些壁紙被刮破了，假如這個人的指甲有修剪過，就決不會發生這種情況。我還從地板上收集到一些散落的菸灰，它的顏色很深而且是一片片的，只有印度雪茄的菸灰才會如此。」

「那麼，你有什麼根據，說他的臉色是紅潤的呢？」我又問。

「那只是我一個大膽的猜測，不過我深信自己是正確的。」福爾摩斯說。

我仔細地回想著福爾摩斯剛才的分析，忍不住提出許多尚未釐清的問題，比如說凶手是如何讓被害人服毒的？血是從哪裡來的？殺人動機是什麼？那枚女式婚戒又是從哪裡來的？凶手在犯案後，為什麼要在牆上寫下德文單字「復仇」呢？

福爾摩斯對我的思緒非常讚賞，他說：「其實牆壁上的那個血字，不過是為了混淆視聽而設的圈套而已。那些字並不是德國人寫的，如果你仔細觀察的話，會發現字母 A 明顯是模仿德文的樣子寫出來的，況且真正的德國人寫字通常會用拉丁字體。」（註：*RACHE* 就是拉丁字體的寫法。）

這時，車夫突然把馬車停下，說：「已經抵達奧德利莊院了。」接著，又指著一條黑色磚牆之間的狹縫說：「你們結束後，到那裡找我。」

福爾摩斯偵查過程

我們找到了巡警蘭斯，請他告訴我們事情的經過。他說：「今天凌晨兩點左右，我在巡邏的路上看見那幢空屋亮著燈光。我擔心出了什麼事，便走到門口……」

「但你並沒有進去吧？」福爾摩斯插嘴道。

「確實如此！」蘭斯一臉驚訝地看著福爾摩斯，繼續說：「因為我想找個人和我一起進去，可是街上一個人也沒有，所以我只好鼓起勇氣，又走了回去。我走進那間有燈光的屋子，看見壁爐臺上點著一支紅蠟燭，燭光下有……」

「好了，你目睹的場景我都知道了。你在屋裡走了幾圈，還在屍體旁蹲下來，接著又去推了推廚房的門，後來……」

「你怎麼全都知道？」聽到這裡，蘭斯嚇得跳起來，過了好一會兒才恢復平靜地說：「後來我走到大門口吹響警笛，另外兩名員警就趕來了。」

福爾摩斯問：「當時，街上還是空無一人嗎？」

蘭斯說：「這時倒是有一個大酒鬼。我出來的時候，他正好站在那幢空屋的門口，大聲唱著歌。由於他醉得連站都站不穩，我和其中一名員警便過去攙扶他。他是一個高個子，穿著一件灰色外套，臉頰泛紅，有濃密的鬢角……」

「他手裡有拿著馬鞭嗎？你有看見或聽見馬車駛過嗎？」

「馬鞭和馬車？都沒有。」

「他一定是把馬鞭扔了。」福爾摩斯嘟噥了一句，「後來他怎麼樣了？」

「我們當時疲於奔命，哪有時間繼續照顧他啊！」蘭斯回答。

福爾摩斯邊戴帽子，邊站起身說：「蘭斯，我想你在警局裡永遠都沒機會升遷了，因為你竟然就這樣放走那名醉漢！事已至此，我們走吧，華生。」

在回公寓的路上，福爾摩斯憤憤地說：「真可惜，蘭斯遇見的那個人，正是這樁懸案的關鍵人物啊！」

「可是，那個人離開空屋後，為什麼又要回來呢？」我疑惑地問。

「戒指。他回來就是為了拿這個東西，因為這對他來說很重要。」福爾摩斯說。

第二天，各家報社紛紛刊登了有關「勞列斯頓花園奇案」的新聞報導，有些報導說這起凶殺案很快就會真相大白，有些報導則說格萊森先生在破案過程中立了大功。對於這些報導，我和福爾摩斯都感到啼笑皆非。

忽然，走廊上傳來一陣吵雜的腳步聲，接著，六名流浪兒走了進來。福爾摩斯對我說：「別低估了這群小孩的能力，他們辦事的能力比警探好得多，因為他們什麼地方都能去，什麼事都能打聽到，就像針尖一樣，無孔不入。」

福爾摩斯各發給這六個小孩一先令，然後對他們說：「這是你們的工錢，以後，只要維金斯一個人來報告就行了，其餘的人都在街上待著，知道了嗎？好了，回去繼續工作吧！我等你們的好消息。」福爾摩斯揮了揮手，這群孩子便猶如一窩小老鼠般跑下樓。

「你是因為勞列斯頓花園案才僱用

他們的嗎？」我詢問道。

「是的，我需要弄清楚一些小細節。你看外面，格萊森正往這裡走來，看他一臉洋洋得意的樣子，我猜他是來找我們的。」

過了一會兒，格萊森果真前來拜訪。只見他興奮地握住福爾摩斯的手，大聲說道：「快恭喜我吧！我終於澈底釐清這件懸案了！」

福爾摩斯冷冷地問：「你的意思是要結案了？那凶手叫什麼名字？」

「亞瑟．查普提，是名皇家海軍中尉。」格萊森興奮地搓著雙手，說：「萊斯特雷德這個傻瓜，他還在尋找斯坦格遜的下落呢！其實，那人跟這件案子根本毫無關係。相反地，我的目標非常明確！你們還記得屍體身旁有一頂帽子嗎？我就是從這頂帽子開始調查。我查到這帽子是由一家著名的帽店所販售，於是便前去詢問店主，他告訴我這頂帽子賣給了暫居在查普提公寓裡的德萊伯先生。

「隨後，我去拜訪了查普提太太。我發現她神色十分慌張，她美麗的女兒愛麗絲的表情也很奇怪。我問她們，是否知道曾住在這裡的德萊伯先生已遭人殺害？她們倆點了點頭。我又問，德萊伯先生那晚是幾點離開住處前往車站的？查普提太太告訴我大約是八點鐘左右，因為他要趕九點十五分的火車。我再問，趕火車那天是不是她們最後一次見到德萊伯先生？聽到我這樣問，這兩人的臉色瞬間變得蒼白。

「她們倆猶豫了一會兒，最後還是決定把一切都告訴我。查普堤太太說，德萊伯和他的秘書斯坦格遜一共在她們的公寓裡住了三個星期。斯坦格遜為人還不錯，德萊伯卻相反，不但經常喝得爛醉，甚至舉止粗野下流，特別是經常對愛麗絲言語騷擾，簡直毫無教養。本來，她們想把他攆走，但因現在正值淡季，且查普堤太太的兒子亞瑟在海軍服役的開銷很大，為了每天一英鎊的可觀收入，所以決定先暫時忍耐。後來，亞瑟．查普堤放假回家。但由於他的脾氣暴躁，又很愛護愛麗絲，所以查普堤太太和愛麗絲都不敢把德萊伯亂來的事情告訴他。

「那天晚上，德萊伯和斯坦格遜搭乘馬車離開後，查普堤太太心裡才放鬆下來。誰知不到一個小時，德萊伯又回來了，說他沒有趕上火車，還說回來是想帶愛麗絲和他一起私奔，甚至當著查普堤太太的面動手拉愛麗絲，讓愛麗絲嚇得放聲大叫。就在這時，亞瑟正好走進來，看見德萊伯的舉動，就拿起一根木棍，和他扭打起來。後來，德萊伯逃出公寓，亞瑟也追了出去。亞瑟至少離開四、五個小時才回來。第二天早晨，就傳來德萊伯被人殺害的消息。」格萊森講得頭頭是道。

福爾摩斯聽著聽著，打了一個呵欠，問：「後來呢？」

「這還用多說嗎？我查到亞瑟中尉的下落後，就帶著兩名員警，將他逮捕歸案。我們逮到他的時候，他手裡仍拿著那根木棍呢！」格萊森說，「依我看，應該是亞瑟追著德萊伯，一直追到布利克斯頓路，然後用木棍毆打德萊伯，因為正好擊中心窩，所以沒有留下任何傷痕。當時雨很大，亞瑟就把屍體拖進那幢空屋，而那些蠟燭、血跡、牆上的字跡和戒指等等，不過是一些想誤導警察的小把戲。好了，這案子算是被我解決了，而萊斯特雷德說不定還在瞎忙呢！」

正好，萊斯特雷德在這時走了進來，他垂頭喪氣地說：「這案子實在太離奇了！今晨大約六點鐘左右，斯坦格遜先生在哈利迪旅館被人殺了！」

聽到這個消息，我們全都嚇得目瞪口呆。福爾摩斯蹙起一雙濃眉對萊斯特雷德說：「斯坦格遜遭謀殺，整個案情就沒那麼簡單了。剛才我們正在聽格萊森對於這件案子的分析，你也來談談你的最新收穫吧！」

萊斯特雷德坐下來，說：「我本以為，德萊伯的死與斯坦格遜有關，但現在才發現我完全弄錯了。有人曾在前天晚上八點半左右，在火車站看見他們兩個在一起，昨天清晨兩點鐘，巡警就發現了德萊伯的屍體。我當時就想弄清楚從前天晚上八點半到謀殺案發生的這段時間裡，斯坦格遜究竟做了些什麼，後來他又到哪裡去。我覺得，如果德萊伯和斯坦格遜暫時分開，斯坦格遜肯定會在火車站附近的某家旅館住上一夜，第二天再去和德萊伯約好的集合地點會面，而事實證明的確如此。我訪查了多家旅館，直至今晨八點鐘來到哈利迪旅館，他們告訴我，這裡的確住著一位斯坦格遜先生，而且他為了等待某位先生，已經在這裡住了兩天。」

萊斯特雷德接著說：「一名擦鞋人員自願帶我去找住在三樓的斯坦格遜。到了門口，我突然看到一道蜿蜒的血水從房門下的縫隙流出，沿著走道匯積在牆角。由於這個房間的房門反鎖著，所以我和擦鞋人員便合力把門撞開。房裡的窗戶敞開著，窗邊躺著一具男屍。我們把屍體翻過來，擦鞋人員馬上認出，這就是房客斯坦格遜。他當時身穿睡衣，四肢僵硬，身體左側被人用刀刺入，刺得很深，傷及心臟，且他臉上留有『瑞契』的血字。」一時之間，我們全都啞口無言。

萊斯特雷德繼續說：「有一個送牛奶的孩子見過這名凶手。他偶然經過旅館後面的小巷，看到平日放在地上的那把梯子豎了起來，架在三樓的一個窗戶上，而窗戶敞開著。那孩子看見一個人從梯子上不慌不忙地走下來，是個身材高大、面色偏紅的男人，身上穿著一件灰色外套。小孩以為他是旅館的木匠，所以也沒特別留意。另外，窗臺上有個木匣，裡面裝有兩顆藥丸。」

突然，福爾摩斯從椅子上站起來，高興地宣布：「一切都對上了！雖然還必須補充某些細節，但我已經掌握這個案子所需要的每一條線索了！我現在就能向你們講解整個案發過程。萊斯特雷德，那兩顆藥丸你有帶來嗎？」

萊斯特雷德把那兩顆像小珍珠的藥丸交給他。福爾摩斯請我下樓把房東那隻病重的狗抱上來做實驗，剛好房東太太昨天拜託我讓牠提早解脫，不想牠活著受罪。我下樓去把狗抱了上來。福爾摩斯拿出小刀切開其中一顆藥丸，並把一半的藥丸溶在一碗水裡。這隻病狗才剛把舌頭沾上那碗中的水，便如同被雷擊中般，當場死亡。

格萊森、萊斯特雷德和我都默默地看著

這隻死去的狗，而福爾摩斯則在房間裡不停地走來走去，眉頭深鎖，他思考時總是這個表情。我們都默默等待著福爾摩斯宣布他最後的結論。

最後，他停下腳步，對我們說：「你們可以放心，不會再有凶殺案發生了。你們肯定想知道凶手的姓名，但僅僅知道名字是不夠的。雖然要把凶手逮捕歸案可不是件簡單的事，但我預料，我很快就能逮住他。」

這時有人敲門，進來的是流浪兒維金斯。他進屋後行了個禮，對福爾摩斯說：「先生，請！馬車已經在樓下了。」

「好孩子，」福爾摩斯溫和地說：「把車夫叫上來，幫我搬這只皮箱。」

沒多久，車夫進來了，福爾摩斯仍然低著頭擺弄著那只皮箱。車夫走過去，伸出雙手正要幫忙時，只聽「咔嚏」一聲，一副鋼製手銬已經銬在車夫手上。緊接著，車夫發出一聲怒吼，從福爾摩斯手上掙脫，想要跳窗逃走；格萊森、萊斯特雷德和福爾摩斯趕緊上前把他拽回來，然後立刻將他的手腳牢牢捆住。

「先生們，」福爾摩斯鄭重地說道：「讓我為你們介紹傑弗遜·霍普先生，他就是殺死德萊伯和斯坦格遜的凶手。」

真相大白

在美國中部，有一大片乾旱荒涼的沙漠。一八四七年五月四日，一名拄著槍枝而立的人，從謝拉布蘭卡山上往下眺望，看見一條小路蜿蜒地穿過沙漠，延伸至遠方的地平線。從他那高大的身形不難看出，以前的他十分健壯，但此時的他骨瘦如柴、面容枯槁。

他的身邊站著一名年約五歲的小女孩，哭著問他：「媽媽到哪裡去了？她已經離開三天，怎麼還不回來？我好餓、好渴，沒有食物和水嗎？」

男人想了想，終於下定決心將真相說出：「親愛的！當初我們在找尋河的路上碰到一些麻煩，誤被引導至這個可怕的地方，水漸漸被喝完，很多人都死了，你的媽媽也已經喪命。現在，只剩下你和我了！」

這時，藍白色的蒼穹下，出現三隻褐色的禿鷹，在父女倆頭上不停地盤旋。男人對小女孩說：「我們一起禱告吧！」於是兩個人跪在地上，認真地祈禱。結束後，他們在巨石的陰暗處坐下，漸漸睡著了。

這時，距離不遠的地方揚起一片塵土，一支西進的篷車隊伍朝著兩人所在之處靠近。這支隊伍很長，有雙輪車和四輪車、有騎在馬上的男人和走路的男人，也有婦女和小孩。他們也是被環境所迫，準備遷移至他處居住的人們。

篷車隊伍中有人發現山頂上似乎有些動靜，幾個年輕人便沿著陡峭的山路走上去。熟睡中的父女頓時被鳥鳴聲和雜亂的腳步聲驚醒，接著詫異地發現眼前站著一大群人，山下還有望不盡的人馬。過了一會兒，兩個人才知道，救星出現了。

虛弱的男人告訴他們：「我叫約翰．費利厄，這是我女兒露茜．費利厄。」

於是，兩人被護送到一輛大車前。這輛車跟其他的比起來特別寬大、華麗，車夫旁坐著這一大支隊伍的首領楊百翰。他聽完年輕人的彙報後，便對著眼前的兩名落難者說：「我們都是摩門教的教徒。你們必須信奉我們的教派，我才可以帶你們一同離開。」

「無論是什麼樣的條件，我們都願意。」約翰．費利厄代表兩人回答道。

「斯坦格遜兄弟，由你收留他們吧！記得給他們足夠的食物及水，並教會他們摩門教的教義。我們現在得趕緊啟程前往錫安了！出發！」楊百翰對著車上的某位長老說。接著，大隊伍便繼續前進了。

這支摩門教隊伍最後來到廣闊的猶他山谷。楊百翰是一位非常優秀的領袖，在他的領導下，這片土地很快就變得十分富饒，城市也開始迅速發展。

約翰．費利厄和其他的摩門教徒一樣，分得了一片肥沃的土地。轉眼間，十二年過去了，約翰．費利厄靠著他的智慧和努力，成為猶他山谷最富有的人，而且他多年來恪守教規的態度，也獲得其他教徒的認可。只是，他始終不肯遵循廣納妻妾的教條，因此與眾人產生了些許隔閡。此外，隨著時間的流逝，約翰．費利厄的女兒露茜也逐漸成為一名俏麗出色的美洲少女。

六月的某個早晨，露茜騎著馬去城裡幫父親辦事。當她來到城郊時，發現道路被牛群擋住了，於是停在一旁等待牛群路過。時間一分一秒過去，露茜漸漸開始不耐煩，決定策馬朝牛群間的空隙前進，致使自己深陷在隨時會被兇猛牛群踩成肉泥的危險之中。就在這緊要關頭，一隻強壯有力的棕色大手伸過來，抓住露茜那驚慌失措的駿馬，然後成功把她從牛群中解救了出來。

拯救她的人名叫傑弗遜．霍普，是一名身材高大、相貌粗野的年輕人。他騎著一匹長滿灰白斑點的駿馬，身穿一件厚實的粗布衣，肩背一支長筒來福槍。他並非摩門教徒，只是之前便一直在內華達山脈中尋找銀礦，現在正打算和夥伴們返回鹽湖城籌集資金，以開發他們發現的礦井。為了感謝傑弗遜．霍普的救命之恩，露茜邀請他到家裡作客。

當天晚上，傑弗遜．霍普前去露茜家拜訪。由於這幾年來，約翰．費利厄一心一意地在這片土地上辛勤勞作，幾乎與外界隔絕，所以當傑弗遜．霍普說出個人的所見所聞時，他聽得津津有味。往後，傑弗遜．霍普經常登門拜訪，告訴父女倆有趣的新事物。這樣日復一日的會面與接觸，使傑弗遜．霍普和露茜之間萌生了情愫。

到了夏天，傑弗遜．霍普又要前往內華達山採礦了。一天傍晚，他騎著馬來向露茜告別，並表明想迎娶她的心意，還告訴她自己已經得到她父親的同意了。露茜嬌羞地依偎在傑弗遜．霍普的懷裡，並承諾會一直等著他歸來。

其實約翰．費利厄早已打定主意，絕不會讓露茜嫁給任何一個摩門教徒，因為他無法認同摩門教義裡的婚姻規定。

某個風和日麗的早晨，當他正打算出發前往麥田時，首領楊百翰突然登門造訪。楊百翰對他說：「費利厄兄弟，當初我們救了你，只有一個要求，那就是加入我們並遵守摩門教派裡的每一條規矩，對嗎？」

費利厄回答：「是的。我一直有按規定繳納稅金，也經常上教堂做禮拜。」

楊百翰說：「問題是你從來沒有按照教條規定娶妻納妾！這也就算了，最近，我竟聽說你的女兒露茜已與某位非摩門教信徒的人締結婚約！你應該清楚摩門教只允許教內通婚吧？正好，斯坦格遜長老和德萊伯長老各有一子，露茜可以從中選擇一位。」

約翰．費利厄沉默了好一會兒，才說：「您再給我們一點時間考慮吧！我的女兒還不到適婚年齡，現在談結婚還太早了呀！」

「那就給你們一個月的時間！我警告你，如果你們膽敢破壞教規，別怪我對你們無情！」楊百翰威脅地揮了一下拳頭後，轉身離去。

約翰．費利厄呆呆地站在原地，忽然有一隻柔軟的手握住他的手。原來，剛才的衝突都被露茜聽見了。約翰．費利厄撫摸著露茜的頭髮，說：「你別害怕。明天正好有人要去內華達山，我會想辦法捎個信給傑弗遜，相信他得知後會馬上趕回來的。你不會輕易地放棄你跟傑弗遜的感情，對嗎？」

露茜點點頭，說：「對。而且我相信他回來後，一定能想到更好的辦法。」

安撫完女兒後，約翰．費利厄便開始做遠走他鄉的準備。他打算變賣所有的土地，沒辦法賣掉的東西，就只能拋棄了。當天晚上，他緊閉門窗，把那支生鏽的獵槍拿出來擦拭乾淨，並裝上子彈，以備不時之需。

第二天，約翰．費利厄囑託那位即將前往內華達山的朋友替自己送信。回到家時，他詫異地發現家裡坐著兩個年輕人，他們一看到約翰．費利厄回來，便盛氣凌人地說：「我們是德萊伯長老和斯坦格遜長老的兒子，都是遵循父親的指示，前來向露茜小姐求婚的。現在，讓你的女兒出來，看看她比較中意誰吧！」

這些話讓約翰．費利厄氣炸了，他舉起拳頭，對著他們破口大罵：「現在，給我馬上離開這裡！我不想再見到你們兩個！」

那兩個人見情況不對，馬上飛也似地逃出去。臨走前不忘威脅約翰．費利厄：

「你這樣公然違抗教條，一定會付出慘痛代價的！」

第二天一早，剛醒來的約翰·費利厄吃驚地發現，被單上靠近他胸口的位置貼著一張紙條，上面寫著：「限你在29天之內做出選擇，否則……」這顯然指的就是楊百翰給他們一個月期限所剩下的日子。但約翰·費利厄完全想不透，這紙條究竟是怎麼放進來的？所有的門窗都是緊閉的呀！

隔天早晨，露茜忽然發現在天花板的中央被人塗了一個「28」的數字。她覺得非常奇怪，但約翰·費利厄並沒有對女兒解釋，並暗自決定要在晚上加強戒備。夜幕降臨時，他沒回房睡覺，而是拿著槍守了整整一夜，直至旭日東昇都沒有任何動靜，可是當他打開大門時，卻發現門上又被塗上一個大大的「27」！

時間一天天過去，每天都可以在屋中找到持續倒數的數字，有時是在牆上，有時是在地板上，有時寫在小紙條上，有時會貼在花園的門上或欄杆上；數字也漸漸從二十天變成十五天，又從十五天變成十天。眼看著期限將至，焦慮的約翰·費利厄卻也無計可施。

期限截止的前一晚，約翰·費利厄聽見屋外傳來一陣輕微的聲響，他躡手躡腳來到大門邊，猛地把門打開。在黑暗中，他左顧右盼了一會兒後，發現了在地上爬

行的傑弗遜．霍普！

「天哪！」約翰．費利厄倒抽了一口氣，說：「你怎麼這樣進來？」

「抱歉，若我不這樣趴著爬進來，就會被他們發現。這房子已經被人嚴密監控了。」傑弗遜．霍普說：「我們今晚就得離開！我已經準備好一頭騾子和兩匹馬，在鷹谷等著。有你們變賣家當換來的錢，應該足夠我們使用了。」

傑弗遜．霍普叫醒了露茜，三個人小心翼翼地打開窗戶，輕輕地跳出去，穿過花園。當他們正想穿過一個通往麥田的竹籬缺口時，前方出現了幾個人影，傑弗遜．霍普機警地帶著父女倆躲進陰暗的角落，等到監視他們的人走遠。

上了大路後，他們加快腳步。走了好一陣子，他們在黑暗中看見有兩座黑壓壓的大山，而大山中間就是鷹谷。在傑弗遜．霍普的帶領下，父女倆又順利瞞過摩門教的哨兵，闖過關口。出關之後，就等於順利脫離摩門教的地盤了。三名逃難者抵達鷹谷，騎著騾和馬馳騁，朝前方的自由和幸福奔馳而去。

持續顛簸了一整天，他們估計離開摩門教地盤已有三十英里遠。於是，三人安心地停下來稍作休息。傑弗遜．霍普把騾、馬拴好後，便讓父女倆圍著火堆取暖，而他則帶著槍去尋找獵物。他循著一些野獸遺留下來的痕跡，沿路尋找了幾個小時，等他捕獲野獸返回時，竟發現坐騎和父女倆都不見了！

他發現地面上到處都是馬蹄踐踏的痕跡，這說明曾有大批騎馬的人追上來，把露茜他們帶走了。這時，傑弗遜．霍普發現不遠處有一個凸起的土堆，像是一個新堆砌的墳墓。他上前一看，上面壓著一張小紙條，寫著：

約翰．費利厄，生前住在鹽湖城，死於一八六〇年八月四日。

天啊！那位堅強的老人已經死了！傑弗遜．霍普悲痛欲絕，他急忙尋找是否還有第二個墳墓，然而並沒有，代表露茜已被那群摩門教的追兵帶走了！

憤怒的傑弗遜．霍普決心奪回他的摯愛。他拖著疲憊的身軀走了五天，回到了鷹谷。從鷹谷往下看，他發現山谷中居然掛滿了慶祝節日的旗幟！正巧，他遇見一位曾受過他協助的摩門教徒考珀。霍普立刻上前詢問：「你有露茜．費利厄的消息嗎？」

考珀大吃一驚，說：「你居然還敢跑到這裡來，現在人們到處在追緝你！唉！她昨天和德萊伯長老的兒子結婚了，這些旗幟就是為了祝賀他們結婚才掛上去的。」

傑弗遜．霍普一聽完，便目露凶光地背著槍衝下山。

實際上，飽受打擊的露茜早已香消玉殞，此時的她正躺在德萊伯的妻妾為她準備的靈床上。突然，屋子的大門被人打開，一個衣衫襤褸、面目猙獰的男人闖進來，走到露茜的遺體前。他彎下身，在她額上印下一吻，然後從她的手指上取下結婚戒指。等被嚇壞的人們回過神來時，他早已離去。

傑弗遜．霍普連續好幾個月都在大山裡徘徊，即使過著非常艱苦的生活，都不曾遺忘復仇的念頭。不久，城裡開始傳出一則謠言，說有個深山野人經常神出鬼沒地在城外遊蕩。有一次，斯坦格遜在家差點被人開槍打死；又有一次，德萊伯路過鷹谷差點被巨石砸死。他們意識到這很可能都是傑弗遜．霍普做的，所以多次帶領大隊人馬進入深山裡搜查，卻都鎩羽而歸。之後，隨著被暗殺的次數減少，斯坦格遜和德萊伯便都以為傑弗遜．霍普已經死了。

其實，傑弗遜．霍普非但沒有死，他復仇的決心反而更加堅定。但他覺得一直守在深山裡也不是辦法，於是決定先返回內華達山採礦，等累積了一定的財富後再找他們復仇。轉眼間過了五年，他改名換姓回到鹽湖城，卻聽說摩門教內部在這段期間發生了一場叛變，許多年輕教徒不滿長老的統治，紛紛離開猶他山谷，其中包括斯坦格遜和德萊伯。據說德萊伯將他大部分的財產都轉換為現金，成了一個大富翁；而斯坦格遜在出走時來不及帶走任何家當，因此不得不成為德萊伯的秘書。但對於他們去了哪裡，根本沒有人知道。

即使面對這樣的情況，傑弗遜．霍普的決心依然沒有動搖。終於有一天，他在美國俄亥俄州發現了這兩人的蹤跡，可是他們也認出他，並且立即報警，導致傑弗遜．霍普被警察以威脅他人生命安全的罪名扣押在警局。等他被釋放出來時，德萊伯和斯坦格遜早已前往歐洲了。傑弗遜．霍普也趕到歐洲，接著又追著他們去了巴黎，最後來到英國倫敦。而之後發生的事，我們還是參考華生的日記吧！

傑弗遜．霍普或許是意識到自己再也無法逃脫，所以他不再掙扎抵抗。他不僅對福爾摩斯偵破案子的手法讚賞有加，甚至主動表明願意去警察局自首。

福爾摩斯、格萊森、萊斯特雷德和我押著他，一起來到警局。我們被帶進一個小房間，一名警官寫下凶手和被害者的姓名，然後用機械式的口吻說道：「傑弗遜．霍普先生，您還有什麼想說的嗎？我必須提醒您，您所說的一切都將會被記錄下來，作為日後的呈堂證供。」

傑弗遜．霍普對我們說：「我想把案件的經過一字不漏地告訴你們，因為我也許活不到審判的那一天了。」他轉頭對我說，「您是醫生，對吧？請你用手按一按我的胸口。」我按照他說的去做，立即察覺到他胸腔裡有股異常的跳動。我叫道：「你長了一顆主動脈瘤！」

他平靜地說：「沒錯。我在受盡折磨時，不幸罹患這種病，而且過不了多久腫瘤就會破裂。如今，我已完成復仇，所以什麼時候死都無所謂了。可是我願意把這件事交代清楚，因為我不願被拿來與那些普通的殺人犯相提並論。」

做筆錄的警官和格萊森他們討論後，都同意基於法庭裁決的需要，讓他先行錄下口供。

接著，他開始說：「被我殺掉的這兩個人是真正的有罪之人，他們害死了約翰．費利厄父女倆！露茜．費利厄在二十年前本來與我締結了婚約，卻受到德萊伯的迫害，含恨而終。我從她的遺體拔下結婚戒指，並隨身攜帶，因為我當時就發誓，一定要讓德萊伯看著這枚戒指死去，讓他知道他是由於當年的罪才受到懲罰。

「他們很富有，而我很貧窮，所以追捕他們對我來說很不容易。我來到倫敦後，一邊當車夫賺錢，一邊熟悉這裡的街道。後來，我在無意間遇見他們，並找到他們居住的查普堤公寓。這時的我已經留了鬍子，所以他們沒有認出來，但他們似乎發現自己被人跟蹤，因此決不單獨外出，晚上也足不出戶。雖然德萊伯有時會喝得酩酊大醉，但斯坦格遜從不掉以輕心。我每天都尾隨他們，卻苦無下手的機會，可是我並沒有氣餒。我唯一擔心的是我的腫瘤會突然破裂，那樣的話我就無法替費利厄父女倆報仇了。

「那天傍晚，我發現德萊伯和斯坦格遜正提著行李坐進一輛馬車。我一路跟蹤他們到火車站，並聽到兩人正在詢問前往利物浦的班次，但車站的工作人員對他們說，前一班車才剛離站，因此幾個小時後才有第二班。德萊伯聽了很高興，對斯坦格遜說，他還有一些私事要辦。斯坦格遜勸他不要去，德萊伯卻對他破口大罵，斯坦格遜沒有辦法，只好告訴德萊伯，如果錯過今晚的末班車，就到哈利迪旅館找他。後來，德萊伯獨自離開了。

「我知道，只有在德萊伯一個人的時候，我才有把握殺死他。恰巧，幾天前，一位搭乘我的車到布利克斯頓路查看空屋的客人，不小心遺留下其中一間空屋的鑰匙。我偷偷配了一把後，才將鑰匙還給那位客人。我跟著德萊伯來到酒館，後來，有點醉意的他坐上一輛馬車，回到了查普提公寓。

「我在公寓附近等著，不一會兒，從裡面傳來一陣打鬧聲，接著有兩個人從屋內衝出來，一個是德萊伯，另一個是年輕的小夥子。這年輕人對德萊伯又打又踢，還揮舞著手裡的木棍怒喝：『臭傢伙！竟敢調戲我妹妹！』德萊伯拚命逃跑，一看見我的馬車，就直接跳上來，說：『送我到哈利迪旅館！』

「你們以為我會一刀了結他嗎？我才不會那麼做。我在美國流浪的時候，曾經擔任過一家化學實驗室的管理員，我從那偷偷拿走一種名叫『生物鹼』的毒藥並製成藥丸，它的毒性非常猛烈，只要沾上一點，就能致人於死地。現在，到了派上用場的時候了。我打算直接把他帶到布利克斯頓路的那幢空屋，不過半路上，德萊伯又到酒館喝酒，因此抵達空屋時，他幾乎已經醉得不省人事了。我將他扶進空屋，然後點亮了隨身帶來的蠟燭，我把蠟燭舉到我的臉旁，對著他說：『呵，伊諾克．德萊伯，看看我是誰！』

「他睜開了沉重的眼皮，盯著我看了許久。他的臉色逐漸變得難看，接著面露驚恐，冷汗直冒。我把毒藥遞到他的面前。他向我求饒，但我仍舊拔刀脅迫他乖乖吞下毒藥。我還把露茜的結婚戒指舉到他眼前，想讓他懺悔，但毒藥發作的速度快得驚人，沒過多久，他就倒地死了。

「這時，我突然流鼻血。於是靈機一動，用鼻血在牆上寫下『RACHE』這個德文字，以此誤導警方。隨後我回到馬車上，在雨中趕了一段路後，赫然發現戒指竟不在身上。於是我急忙驅車再度回到空屋，不料卻碰上一位剛從那裡出來的巡警，我只好佯裝成一名醉漢逃走。

「以上就是我殺害德萊伯的過程，而且我打算以同樣的方式殺了斯格坦遜。我已經知道斯坦格遜住在哈利迪旅館，於是持續在旅館附近徘徊，可是他一直不離開住處。斯坦格遜這個傢伙很狡猾，但我還是有辦法的。等我弄清楚他臥室窗戶的所在位置後，我便利用旅館外面小巷裡放置的一把梯子，爬進他的房間。結果他突然從床上一躍而起，手裡拿著刀直向我的咽喉刺來，我只能揮刀反擊……後來，我在他的臉上也寫下『RACHE』。」

傑弗遜．霍普最後還說：「完成復仇大計後，我又重回車夫的崗位，想存點錢回美國度過餘生。今天，我把馬車停在廣場上等待客人時，有一個流浪兒走過來，問我是否認識一位名叫傑弗遜．霍普的車夫，他說，貝克街221號有一位先生要僱他的車。我絲毫沒有懷疑便跟著來了，誰知，就這樣落入了你們的手裡。先生們，這就是整起案件的經過。雖然在你們眼中我是個殺人犯，但我一直認為，我與你們一樣都是正義的使者。」

不久後，福爾摩斯和我得到一個最新的消息：傑弗遜．霍普因主動脈瘤破裂，在監獄中過世了，但他的臉上掛著平靜的笑容。

【本篇完】

The Hound of the Baskervilles

巴斯克維爾魔犬

巴斯克維爾的詛咒

這天早上，一位名叫詹姆士．莫迪摩爾的醫生來找夏洛克．福爾摩斯。他說，他碰到了一個十分嚴重且非比尋常的問題，需要福爾摩斯的協助。

「這是我的朋友華生醫生。」福爾摩斯向他介紹了我。

「很高興見到你，先生。」

接著，詹姆士．莫迪摩爾從胸前的口袋裡掏出一份文件，說：「我這裡有一份一七四二年的手稿，是查爾斯．巴斯克維爾爵士委託我保管的祖傳家書，他會交給我保管是因為我是他的醫生兼密友。就在三個月前，爵士忽然慘死，讓整個達文郡陷入一陣恐慌。他曾很仔細地看過這份文件，甚至早已準備好接受這份命運。」

福爾摩斯看過手稿外觀後，說：「這似乎是某種記載。」

「是的，這記載著一則巴斯克維爾家族中流傳的傳說。」莫迪摩爾答道。

「不過你來找我，是想向我諮詢更現代、更實際的問題吧？」

「沒錯，而且必須在二十四小時之內做出決定。這份手稿與我的問題有著密切

的關係，就讓我來讀給你聽吧！」莫迪摩爾開始朗讀：

巴斯克維爾獵犬的起源曾有過許多傳言，而我聽到的是雨果．巴斯克維爾的版本。我是巴斯克維爾家族的後代，這件事是從我父親那裡聽來的。

以前，巴斯克維爾莊園屬於雨果．巴斯克維爾所有。他是個無法無天的人，經常惹事生非。他喜歡上附近村莊裡的一名少女，但惡名昭彰的他使這位年輕的少女避之唯恐不及。有一天，雨果趁少女的父親和兄弟都不在家時，叫了幾個狐朋狗友，將她強行帶回莊園。當雨果和他的朋友們正在樓下狂歡痛飲時，被安置在閣樓的少女趁機逃走了。一會兒後，雨果發現少女已經逃出莊園，頓時火冒三丈。而這時，有個醉得一塌糊塗的傢伙提議，應該把獵犬放出去追捕少女。雨果一聽，馬上就命令僕人把犬舍裡的獵犬全都放出去，而他自己也騎了一匹黑馬，前去追捕。

雨果的朋友們酒醒後，才趕緊上馬追出去。他們騎了一、二英里，在沼地附近遇見一位牧羊人，便詢問他是否看到有人從這裡經過。那牧羊人說他看到了一個可憐的少女，正被一群凶惡的獵犬追趕；還說看到雨果也騎著馬從這裡經過，而且有一隻魔鬼似的大獵犬一聲不響地跟在他的後面。

他們繼續往前追，可是不久後他們就被澈底嚇壞了，因為他們看見雨果的那匹黑馬，飛快地從他們身邊奔馳而過，不但馬鞍上無人，而且韁繩還拖曳在地上。後來他們終於趕上那群獵犬，這些獵犬雖然都非常勇猛，但這時卻因為過於害怕，全擠在沼地的一條深溝裡，哀鳴不止。這幫人勒住馬，大多數已經不敢再前進，只有三個膽大的人繼續往前走。接著，映入三人眼簾的是在月光照耀下的寬闊平地，中間立著兩根歷史悠久的大石柱。在那裡，除了躺著那名因驚恐和疲憊而死的少女外，最令他們感到毛骨悚然的，是一隻既大又黑、像獵犬但又比獵犬大很多倍的野獸，正在撕咬著雨果的喉嚨。當牠轉過來和他們四目交接時，那三人立即調轉馬頭，飛也似地逃走了。

這就是那隻獵犬的傳說，據說從那時起，那隻獵犬就不斷地騷擾著我們家族。我之所以要把這則故事寫下來，是因為我覺得我們的家族裡，有許多人都是在不明不白的狀況下死去。但願以後你們能多加小心，千萬不要在黑夜裡經過沼地。

﹝老雨果・巴斯克維爾留給兩個兒子羅傑與約翰的家書﹞

莫迪摩爾讀完後，又從口袋裡掏出一張報紙，說：「福爾摩斯先生，我還要告訴你一件近期發生的事。這是關於查爾斯爵士幾天前猝死的報導，我也讀給你聽吧！」

近日，查爾斯·巴斯克維爾爵士驟然辭世，本郡深感哀痛。雖然他在巴斯克維爾莊園居住的時間不長，但善良、慷慨的他一直受人尊敬。

儘管有很多謠言，驗屍結果也無法確切釐清死因，但查爾斯爵士應該是自然死亡。查爾斯爵士是名單身人士，他雖富有，卻沒什麼個人嗜好。巴斯克維爾莊園裡的僕人只有拜里莫夫婦二人。他們說，查爾斯爵士患有心臟病，而死者的朋友兼私人醫生詹姆士·莫迪摩爾也證實了這一點。

案情十分單純，拜里莫夫婦說，查爾斯爵士有一個習慣，就是在每晚就寢前，都會沿著莊園著名的紫杉樹小徑散步。五月四日，查爾斯爵士說他隔天想去倫敦，要拜里莫為他準備行李。當晚，他抽著雪茄出去散步，卻再也沒有回來。十二點鐘時，拜里莫發現大門還開著，便提著煤燈出去尋找，結果在紫杉樹小徑的盡頭發現查爾斯爵士的屍體。拜里莫說，查爾斯爵士的足跡在過了通往沼地的柵門後就變了樣，好像從那之後就踮著腳尖走路。有一個名叫墨非的販馬商，當時正在距離事發地點不遠的沼地。他說他曾聽見呼喊聲，但說不清是從什麼地方傳來的。查爾斯爵士身上沒有遭受暴力襲擊的痕跡，但他的面容嚴重變形，這是心臟病患者猝死時常有的現象。由於查爾斯爵士的家人將住進莊園裡，因此杜絕有關這起案件的荒誕謠言將變得十分重要。據瞭解，查爾斯爵士唯一仍在世的近親是他哥哥的兒子亨利．巴斯克維爾爵士，他即將從美洲趕來，接收這筆龐大的遺產。

「這件案子真讓我感興趣。」夏洛克．福爾摩斯聽完後說：「還能再告訴我一些其他內幕嗎？」

莫迪摩爾想了想，說：「沼地裡的人煙稀少，而我和查爾斯．巴斯克維爾爵士因住得近，所以經常見面。除了我、拉夫特莊園的富蘭克倫先生和動物學家斯泰普頓先生之外，方圓數十英里之內就沒有受過教育的人了。查爾斯爵士是個離群索居的人，但因為他的病以及我們對科學的共同興趣，使我們非常要好。這幾個月來，我發現查爾斯爵士的精神非常緊繃，因為他十分相信那個關於魔犬的可怕傳說，並認為自己即將大難臨頭。就在他離世的三個星期前，爵士為了向我說明造成他恐慌的原因，就把我方才讀的那份手稿轉交給我。他本來還打算聽從我的建議，前往倫敦調適心情，誰知道這可怕的災禍竟在他預計出發的前一晚發生了。」

「查爾斯爵士死後，不到一小時，我就趕到案發現場了。我沿著紫杉樹小徑觀察他的腳印，還察看了面對沼地的那扇柵門，發現他的腳印從那之後出現了變化。最後，我仔細地檢查了屍體，他倒趴在地上，雙臂朝兩側伸展，手指插進泥土裡，但身上沒有任何傷痕。除此之外，我還在距離屍體不遠處，發現有個非常清晰且巨大的獵犬腳印！」

莫迪摩爾的聲音在顫抖，就連我也覺得毛骨悚然。可是，福爾摩斯卻流露出極感興趣的眼神。他問：「為什麼其他人沒有看到腳印呢？」

「腳印離屍體大約有二十碼遠，不仔細查看，根本不會注意到。假如我沒有聽過這個傳說，可能也不會發現它。那個腳印非常巨大，估計不會是牧羊犬的。」

「那條小徑長什麼樣子？」

「小徑約八英尺寬，兩側都是濃密又高大的紫杉樹籬，樹籬和小徑之間還有大約六英尺寬的草地，而且只有那扇柵門可以通往沼地。」莫迪摩爾回答道。

「查爾斯爵士的腳印是在小徑上而不是在草地上吧？」福爾摩斯又問。

「是的，腳印都在柵門外側的碎石地上。柵門只有四英尺高，任何人都能爬過來，但上面沒有什麼特別的痕跡。此外，查爾斯爵士曾在那裡站了五到十分鐘，因為他的雪茄曾掉了兩次菸灰。」莫迪摩爾說，「另外，這件悲劇發生之後，我還聽到一些難以用科學解釋的傳聞。比如說，在案發前，就已有許多人在沼地目擊過類似巴斯克維爾獵犬的生物，他們都說那是一隻比魔鬼還要巨大又可怕的東西。現在，整個村莊都人心惶惶。」

福爾摩斯問：「所以，你一個博學多聞的醫生，也相信這起事件與超自然現象有關？」

「我不知道該相信什麼。」

福爾摩斯聳了聳肩，說：「莫迪摩爾醫生，如果你持有這樣的觀點，為什麼還要來向我諮詢？」

「我希望你可以告訴我該怎麼面對亨利．巴斯克維爾爵士，因為再過一個小時十五分鐘，這位唯一的繼承人就要抵達滑鐵盧車站了。」莫迪摩爾說。

「為什麼不直接帶他去莊園呢？」

「照理說，確實應該這麼做。但有鑑於每位住進去的巴斯克維爾後代都遭遇厄運，我實在不敢帶他回去。而且我相信，如果查爾斯爵士在去世前能對我說句話，他必定會囑咐我不要把這最後一位繼承人帶到那致命的地方。」

福爾摩斯考慮了一會兒，說：「我建議你先到滑鐵盧車站去迎接亨利爵士，然後我會在二十四小時內做出決定。在我做出決定之前，什麼也不要告訴他。如果你能在明早十點鐘，帶著亨利．巴斯克維爾爵士一起來我的住處，那就太好了！還有個問題，你說在查爾斯爵士死之前，有人曾在沼地見過那隻獵犬？」

「是的，福爾摩斯先生。」

「案發後，還有人看到嗎？」

「這我不清楚。那我先走了，再見。」

福爾摩斯目送他離開後，回到座位上陷入沉思。過了一會，他說：「華生，可以請你先離開公寓，讓我一個人專心思考嗎？」

我知道獨處有助於福爾摩斯釐清思緒，便答應他的請求，離開了公寓。等我晚上回到家時，福爾摩斯神采奕奕地對我說：「華生，你出門後，我派人去警察局取來那個地區的地圖，所以現在，我對那裡的街道已瞭若指掌了。」他指著地圖繼續說，「中間這個地方就是巴斯克維爾莊園，那條紫杉樹小徑應該是沿著這條線一直延伸下去，而沼地就在它的右側。這是拉夫特莊園，而那裡應該就是動物學家斯泰普頓所住的房子。在這些分散的房子之間，則是一大片荒涼的沼地。」

「莫迪摩爾說過，查爾斯爵士在小徑上的足跡，似乎都是踮腳尖走路所留下的，這可能嗎？」

「他不過是在重複那些傻瓜驗屍後所說的話。你想想，為什麼一個正常人會踮著腳尖走路？那是因為他在奔跑，為了活命而拚命地跑，一直跑到心臟病發倒地而死。他很有可能在奔跑前就已遭受驚嚇，因為只有在過度驚慌而失去方向感的情況下，他才會跑向與莊園完全相反的方向。我一直在思考的是，那晚他站在那裡究竟是在等誰呢？為什麼要選在紫杉樹小徑而不是在自己的家裡呢？」

「你認為他在等人？」

「查爾斯爵士不僅年紀大還體弱多病，即使他每晚都會去散步，但我不認為他每天晚上都會在通往沼地的柵門旁站著。況且，他那天晚上竟在那裡站了五到十分鐘，還恰巧是在他即將出發去倫敦的前一晚。算了，一切都等到明天我們和莫迪摩爾醫生與亨利爵士見面後，再進一步討論吧！」

第二天上午十點，莫迪摩爾醫生和亨利爵士來了。亨利爵士是個約莫三十來歲的男士，個頭矮小，但有著一副剛毅的面孔。亨利爵士對福爾摩斯說：「你好，福爾摩斯先生。其實，即使莫迪摩爾醫生沒有讓我來找你，我自己也會來的。因為今天早上，我收到了一封非常奇怪的信。」

說著，他把一封信放在桌子上。這封灰色信封上的收件地址寫著「諾桑布侖旅館」，字跡潦草，蓋著「查令十字街」的郵戳，寄信時間是昨天傍晚。信封裡有一張摺成方形的信紙，上面有一行用剪下來的鉛印字貼成的句子：「如果你還重視自己的生命，請遠離沼地。」其中，只有「沼地」兩個字是用墨水寫的。

福爾摩斯用銳利的目光盯著他們，問道：「有誰知道你住在諾桑布侖旅館？」

亨利爵士回答：「沒有任何人知道，因為這是我和莫迪摩爾醫生見面後才決定的事。」

莫迪摩爾醫生補充道：「我以前曾和一位朋友去住過那

家旅館，但我並沒有告訴任何人。」

「看來似乎有人一直在監視你們。」福爾摩斯想了想，突然請我把昨天的《泰晤士報》找出來，並翻開裡面的一篇文章，從中找出一段長句指給大家看。大家驚訝地發現，那封信中的各個字都是從這個長句裡抽出來的，如：「你」、「重視」、「生命」、「請」、「遠離」。顯然，寫這封信的人是在昨天利用這份報紙的這篇文章，從中找出這些文字來進行剪貼的。

「天啊！福爾摩斯先生，你真的太出人意料了！」莫迪摩爾醫生驚訝地說，「我能理解有人說這些字來自報紙，但你居然能夠說出是來自哪一份報紙的哪一篇文章！這簡直太了不起了，你是怎麼做到的？」

「《泰晤士報》的字體很特殊，採用的是小五號鉛字，與其他報紙使用的粗劣鉛字有著十分明顯的區別。再說，這封信是昨天貼的，所以在昨天的報紙裡就很有可能找得到這些字。」

「可是，為什麼『沼地』這兩個字是用墨水寫的呢？」我問。

「因為報紙上找不到這兩個字，這是一個不太常被使用的用詞。」福爾摩斯說，「《泰晤士報》的讀者都是有學問的人士，代表寄信者可能是個飽讀詩書的人，而且信封上那個收件地址是他在一家旅館裡寫的。」

「你為何這麼說？」莫迪摩爾醫生疑惑地問。

「如果你仔細觀察，就會發現筆尖和墨水曾給寄信者帶來許多麻煩。你看，他連第一個字都還沒寫完，筆尖就撒了兩次墨水；而在寫完這麼短的地址之前，墨水居然乾了三次，這說明瓶中的墨水所剩不多。這樣的情形時常出現在旅館中，私人用的鋼筆和墨水很少出現這種情況。所以，如果我們把查令十字街附近的各家旅館搜查一遍，找到那份被剪破的《泰晤士報》，那麼我們一定能找到寄出這封怪信的人。我想，這封信能提供的線索就這麼多了。亨利爵士，你到這裡以後，還發生過什麼怪事嗎？」

亨利爵士苦笑著說：「我弄丟了一隻新買的靴子，這算不算怪事呢？」

福爾摩斯追問：「你是說，昨天你一到這裡，就買了一雙靴子？」

亨利爵士回答：「沒錯，當時是莫迪摩爾醫生陪我去買的，可惜這雙棕色高筒靴還沒有穿上腳，就被偷了一隻。」

「只偷一隻也沒用，我相信靴子很快就能找回來的。」說完，福爾摩斯讓莫迪摩爾再讀一遍他昨天帶來的那份手稿。亨利爵士聽完後吃驚地說：「我繼承的竟是一份如此危險的遺產！其實，我很小的時候就曾聽說關於魔犬的事，可是我從來不相信。直到叔叔因此去世，我才開始感到不安。不過，無論發生什麼事，也沒有人能阻擋我回到我的莊園！」亨利爵士的表情很堅決，「那麼，福爾摩斯先生，我們現在必須先回旅館了，希望你和華生醫生能在兩點鐘來與我們共進午餐，到時候我們再詳談。」

亨利爵士和莫迪摩爾一走，福爾摩斯便馬上催促我，讓我和他一起悄悄跟蹤他們。於是，我們下樓來到街上，並與亨利爵士和莫迪摩爾保持一定的距離。過了一會兒，我聽見福爾摩斯輕輕地叫了一聲。順著他的目光，我看到一輛本來停在對街的馬車開始慢慢地前進，車上坐著一個鬍子濃黑的男人。

「我們要找的就是那個人！華生，快跟上！」

就在這時候，我看見馬車裡的男人轉過頭來，並透過車窗看了看我們。接著，他推開車頂的活板門，向車夫喊了一聲，馬車就開始瘋狂地奔馳了起來。福爾摩斯焦急地四下張望，可是附近完全沒有空的馬車。於是，他只好邁開步伐追上去，無奈那輛馬車跑

得太快，一眨眼就消失得無影無蹤。

「太可惜了！那個人肯定是來跟蹤亨利爵士的。根據我們掌握的情況來看，亨利爵士一到這裡就被人盯上了，否則他住在諾桑布侖旅館的事，又怎麼會這麼快就泄露出去呢？幸好，我已經記下了那輛馬車的車號——2704，不知道你是否記得車裡的人長什麼樣子？」

「我只記得他的鬍鬚。」我回答。

「我也是，但那肯定是假的。他能把計劃考慮得這麼周延，說明他的鬍鬚也一定是用來掩飾的。算了，我們走吧！」後來，福爾摩斯走進一家職業介紹所，在經理的幫助下，找到了一個名叫卡德萊特的童工。福爾摩斯給了他一些零錢，並翻開倫敦旅館指南，說：「這裡共有二十三家旅館，全都位在查令十字街附近。你要儘快到每一家旅館去，而且每去一家就給守衛一點零錢，請他們把昨天的報紙交給你。不過，你真正要找的其實是一張被剪了一些小洞的《泰晤士報》，找到後立刻發電報通知我。明白嗎？」

「明白了。」說完，卡德萊特馬上出發了。

「華生，現在我們必須去查出剛才那位車夫是誰。」福爾摩斯說。

下午兩點，我們剛來到諾桑布侖旅館，就看到亨利爵士提著一隻布滿塵土的舊皮靴，氣呼呼地從樓上衝下來，「這家旅館的人似乎認為我很好欺負！前天我才弄丟了一隻新的棕色高筒靴，現在又不見了一隻舊的黑皮靴！」

「雖然這的確是值得注意的怪事，但我們還是吃完飯再聊吧！」福爾摩斯說。

飯後，福爾摩斯在客廳裡慎重其事地對亨利爵士說道：「亨利爵士，你已經被人盯上了。如果他懷有惡意，很可能會對你不利，而我們恐怕無力阻止。」接著他又轉向莫迪摩爾，說：「莫迪摩爾醫生，在你的鄰居和熟人當中，有沒有蓄著一道濃黑鬍子的人？」

「查爾斯爵士的管家拜里莫就有這樣的鬍子。」莫迪摩爾說。

「那他現在人在哪？」

「就在那座莊園裡。」

「我們得證實一下他是不是真的在那裡，也許他目前在倫敦呢！」

「要怎麼做？」

「我會在電報上寫『是否已為亨利爵士備好了一切？』，然後發給在莊園的拜里莫先生。同時，我會再發一封電報給莊園附近的格陵朋郵政局長，內容就寫『發給拜里莫先生的電報請交給本人。如不在，請通知諾桑布侖旅館的亨利·巴斯克維爾爵士。』這樣一來，今天晚上我們就能弄清楚拜里莫人在哪裡了。」

「很好。」亨利爵士說，「另外，我想順道問一下莫迪摩爾醫生，拜里莫究竟是個怎麼樣的人呢？」

「他是已故老管家的兒子，他們一家四代都負責管理這所莊園。在那裡，他們夫妻非常受人尊敬。」莫迪摩爾回答。

「那他們有從查爾斯爵士的遺囑中得到好處嗎？」福爾摩斯問。

「他與他的妻子各獲得五百鎊。」

「哦，他們是否以前就知道了？」

「是的，因為查爾斯爵士生前很喜歡談論遺囑的內容。據我所知，查爾斯爵士全部財產的總值約有一百萬鎊，除了分給一些人的小金額和捐給慈善機構的一大筆錢之外，剩下的七十四萬鎊全數留給亨利爵士。」

「請原諒我作出一個無禮的假設，莫迪摩爾醫生，假如亨利爵士發生了什麼不幸，誰來繼承財產呢？」

「查爾斯爵士已經沒有其他直系親屬了，所以財產應當傳給遠房的表兄弟詹姆士．戴斯蒙特。他是一位上了年紀的牧師。儘管查爾斯爵士非常堅持，但他仍拒絕接受查爾斯爵士的任何財產。不過根據法律規定，繼亨利爵士之後的財產繼承人就是他了，除非亨利爵士再立下其他遺囑。」

「亨利爵士，我覺得你應該回去莊園，用繼承的財產恢復家族的榮耀。但是，你絕不能單獨前往。我建議你和華生一起去，或許星期六就可以出發了。到了莊園後，華生，請你隨時向我報告那裡的情況。」福爾摩斯說。

我還沒來得及說話，亨利爵士就握住了我的手，對有我的陪同感到十分高興。

「華生醫生，你方便嗎？」

「當然。」

「那麼，我們就約這個星期六在帕丁頓車站搭乘十點半的火車。」

就在我和福爾摩斯起身準備告辭時，亨利爵士突然衝向屋角，從櫥櫃下面拖出一隻棕色的高筒靴，說：「這正是我弄丟的新鞋！太奇怪了，午飯以前我跟莫迪摩爾醫生還在這屋裡仔細找過，那時根本就沒有這隻鞋！」

「那麼，一定是服務員在我們吃飯時放的。」福爾摩斯推斷。

於是，我們立即找來服務員，但他似乎毫不知情，不管我們怎麼問就是沒有結果。最後，我和福爾摩斯只好先回到貝克街的公寓。正要吃晚飯的時候，我們收到了兩封電報，第一封是：「剛已證實，拜里莫的確在莊園裡。——亨利．巴斯克維爾」；第二封是：「我按照您的指示去了二十三家旅館，但並未找到被剪破的《泰晤士報》。——卡德萊特」。

福爾摩斯說：「這下兩條線索都斷了，但我已經與馬車管理部門聯繫，要求他們查清２７０４號車夫的姓名及地址，看看有什麼結果……」

說到一半，門鈴忽然響了，進來的正是我們尋找的車夫。福爾摩斯對他說：「只要你能告訴我今天早上來監視這間屋子，然後又在街上跟蹤兩位紳士的那位乘客的詳細資訊，我就給你半個金鎊。」

車夫聽了很高興。他告訴福爾摩斯：「今早九點半，有個自稱是偵探的人在廣場上了車。我們先來到諾桑布侖旅館，在那裡等到兩名紳士出來並上車後，就沿路跟著他們，一直到了這棟公寓樓下的大門口才停下來。一個多小時後，那兩位紳士從大門口走出來，於是他又讓我跟著這兩個人，但半途中，他突然推開車頂的活板門，催促我以最快的速度趕到滑鐵盧車站。下車前，他還轉身告訴我，他的名字是夏洛克．福爾摩斯。」

福爾摩斯瞬間啞口無言，隨後苦笑著問：「他長什麼樣子？」

車夫說：「他看起來約四十歲，中等身材，似乎比你矮兩、三吋。他的穿著像一位紳士，蓄著一道濃黑的鬍子，臉色相當蒼白。」

「除此之外，你還記得什麼嗎？」

「沒有了，先生。」

「好吧，這是約定好的半個金鎊。如果你之後還能帶來好消息，我會再付你半個金鎊。晚安！」

「晚安，先生。謝謝！」

說完，車夫眉開眼笑地走了。福爾摩斯聳了聳肩，無可奈何地說：「現在，連第三條線索也消失了。這個狡猾的混蛋！看來他很瞭解我們，不僅知道亨利爵士找過我，也清楚在街上遇到的是我。他明白我會記下車號去找車夫，於是就告訴車夫我的姓名來戲弄我！華生，我們這次碰上了很強勁的對手，但願你這次的旅途順利，如果你能安然無恙地回來，我會很高興的。」

到了約定那天，福爾摩斯和我在車站與亨利爵士和莫迪摩爾醫生會合。臨行前，福爾摩斯叮囑我：「你要向我詳細地報告那裡的情況，我會自行歸納分析。前幾天我做過一些調查，確定財產的另一繼承人詹姆士．戴斯蒙特是位品行優良的老紳士，絕不會做出如此殘忍的事情，所以我們完全不必把他牽扯進來。」

「那是否應該先辭退拜里莫夫婦？」我問。

「千萬別這麼做，他們只是嫌疑人，並不代表他們一定犯了罪。可疑人士還有很多，包括莫迪摩爾醫生，因為我們對他太太的情況一無所知。另外還有動物學家斯泰普頓，以及拉夫特莊園的富蘭克倫先生，這兩位都是我們不熟悉的人，你必須特別注意。」他說。

「我盡力而為。」說完，我便和亨利爵士及莫迪摩爾醫生上了火車。

火車開了幾小時後，窗外的景色變得非常宜人。亨利爵士向窗外眺望，興奮地大叫：「離開家鄉後，我曾去過世界各地，但任何地方都無法與達文郡相比！」

最後，火車在鄉間的一個小站停下，那裡已經有一輛馬車在等著我們。下了火車後，我們坐上馬車，沿著寬闊的大道朝巴斯克維爾莊園駛去。

忽然，我們前方出現一名舉著槍的士兵，他正盯著漸漸駛近的我們。莫迪摩爾醫生不禁問車夫：「這是怎麼回事啊？」

車夫回答說：「三天前，諾丁山殺人案的凶手塞爾登從普林斯頓監獄逃走，至今仍未發現他的蹤跡。」

那件案子我記得很清楚，因為凶手的犯案過程極其殘忍，引起了福爾摩斯的興趣。法庭後來之所以沒有判他死刑，是因為人們認為他的精神狀態有問題。這時，馬車已經爬上了坡頂，眼前是一望無際的沼地，沼地周圍有一些圓錐形的石堆和凸起的山岩。再往前走，可以看到一處碗狀的凹地，裡面長著一小片矮小的橡樹和冷杉樹，樹林的頂梢望過去聳立著兩座又窄又高的塔樓，那就是巴斯克維爾莊園。

幾分鐘後，我們終於來到莊園的大門口。大門連著一條小徑，馬車穿過陰暗的小徑後，便能看見道路的盡頭有一幢房屋，屋裡散發著幽靈般的亮光。

接著，馬車駛過一段路，我們便來到了屋前。這時，一個男人從屋裡走出來，並打開馬車門，說：「亨利爵士，歡迎您！」接著，我們又在昏暗的燈光下看到一個女人的身影。他們就是管家拜里莫夫婦。

「亨利爵士，你不介意我馬上趕回家吧？」莫迪摩爾醫生說：「我太太還在家裡等我呢！」

「吃過晚飯再走吧！」

「不，不用了，我必須先走了。如果你們需要幫忙，我會隨時趕到。那麼，再見。」說完，莫迪摩爾醫生便離開了。

拜里莫夫婦已幫我和亨利爵士打點好一切。不過，他們隨即就向亨利爵士提出辭呈，因為他們十分敬重查爾斯爵士，但現在房子裡的點點滴滴只會讓他們觸景傷情。然而，他們表示願意等亨利爵士找到人手後再離開。

「那你們以後有什麼打算？」亨利爵士問。

「閣下，如果我們去做些小生意，我相信一定會成功的。現在，請讓我先帶您去看看您的房間吧！」

「老實說，這個地方很難使人感到愉快，」亨利爵士邊走邊說，「我原本非常有信心能適應這裡的環境，但現在我總覺得有點不對勁。華生醫生，如果你願意，我們就早點睡吧，說不定明早起來會發現這裡的環境變得令人愉快了呢！」

晚上睡覺的時候，我輾轉反側，久久不能入眠。寂靜的深夜裡，忽然有種奇怪的聲音傳進我的耳朵，聽起來像是女人的哭泣聲。我坐在床頭仔細聆聽，發現聲音好像是從這幢房子裡發出來的。我就這樣處於驚恐的狀態，度過了在莊園的第一個夜晚。

第二天早晨，我和亨利爵士一起吃早餐時，說起昨晚聽見女人的哭聲這件事，亨利爵士說他也聽到了，而且確定不是在做夢。於是我們馬上找來拜里莫，請他為我們解釋。但是，他說住在莊園裡的女人只有兩個，一個是女僕，另一個是他的妻子。他還向我們保證，那哭聲絕對不可能是他妻子發出來的。然而事實證明他在撒謊，因為早飯後我碰巧遇見拜里莫太太，她雙眼紅腫，一看就是哭過的樣子。拜里莫到底為什麼要隱藏事實呢？他的妻子哭得這麼傷心的理由又是什麼？

吃完早餐，亨利爵士說他有很多文件必須審閱，於是我便獨自沿著沼地散步，來到一座小村莊。村中有兩間比其他屋子略高的大房子，其中一間是旅店，另一間則是莫迪摩爾醫生的房子。忽然，身後有個人叫了我的名字。我轉身看到他個頭矮小瘦削，面貌端正，鬍子刮得很乾淨，看起來大約三、四十歲。此外，他頭上戴著草帽，肩上背著植物標本匣，手裡還拿著捕蝶網。

「華生醫生，我是住在麥利皮特的斯泰普頓。剛才我在莫迪摩爾醫生家裡作客時，看到你從窗外經過，於是他就跟我介紹了你和福爾摩斯先生。正巧我現在要走的路和你一樣，所以我就馬上趕過來打個招呼。亨利爵士一路上還好吧？」

「謝謝你，他很好。」

「那真是太好了！自從查爾斯爵士離奇死亡後，大家都很擔心亨利爵士會不願意住在這種地方。想必你應該聽說過關於這個家族的魔犬傳說吧？」

「嗯，聽說過。」

「這裡的農民都說曾在沼地看過魔犬，讓查爾斯爵士的內心蒙上了一層陰影，精神差點崩潰。我猜，他臨死前的那個晚上，應該在紫杉樹小徑裡看到了類似魔犬的東西。我很喜歡查爾斯爵士，也從莫迪摩爾醫生那知道他心臟不好，所以常常為他擔心。」

「你認為查爾斯爵士是被魔犬嚇死的嗎？」

「很難說。不過，福爾摩斯先生是怎麼想的呢？他是否會親自來到這裡？」斯泰普頓問。

「目前他正集中精神在處理別的案子，暫時離不開倫敦。」我說。

「太可惜了！他要是在這裡的話，或許能把這個難題理出一個頭緒。」

接著，我們一起走過一條雜草叢生的小路，曲折地穿過了沼地。「順著這條小路往前走，就能到達我位在麥利皮特的家。」斯泰普頓繼續說：「格陵朋沼地真是個奇妙的地方，你絕對無法想像它有多麼寬廣與神祕。」

突然，我們聽見一聲低沉、淒慘的呻吟，傳遍整個沼地。起初，我們只聽到模糊的呻吟，後來竟變成深沉的怒吼，最後又轉變為悲傷而有節奏的呻吟。

「農民們說過，出現這聲音代表魔犬正在尋找獵物。我以前也曾聽過幾次，但從來沒有像今天這麼大聲。」斯泰普頓說。

「你是受過教育的人，一定不會相信這些鬼話吧？」我問：「你認為這奇怪的聲音源自何處？」

「沼地有時也會發出奇怪的聲音，像是淤泥下沉、地下水湧出等等。」

「不，那肯定是動物發出來的聲音。」

這時，從遠處飛來了一隻大飛蛾，引起斯泰普頓的興趣，他立刻舉起網子朝牠撲過去。看著他朝沼地奔去，我既羨慕他的敏捷，又擔心他的安全，只好靜靜地觀望。忽然，我聽見身後傳來腳步聲，回頭一看，發現有一位美麗的女子正向我走來。由於居住在沼地附近的婦女很少，加上我曾聽說斯泰普頓的妹妹長得如花似玉，因此便認定眼前這位一定是她。

「回去！立刻回到倫敦，馬上就走！」她的眼中燃燒著火焰，一隻腳還焦急地跺著地面。

「為什麼？」我疑惑地問。

「我不能解釋。快回倫敦！再也不要到沼地來！」她壓低聲音說道。這時，斯泰普頓回來了，於是她又悄悄對我說：「噓，我哥哥來了！剛才我說過的話，請你一個字也不要提。」

斯泰普頓氣喘吁吁地走過來，對我們說：「我沒追到那隻大飛蛾，實在太可惜了！」接著，他對斯泰普頓小姐說：「看來你已經認識華生醫生了。」

斯泰普頓小姐頓時大吃一驚，「啊，我還以為他是亨利爵士呢！這真是太糟糕了！」

「事情沒這麼嚴重吧？」斯泰普頓一邊說，一邊用狐疑的眼神看著我們。

後來，我被邀請到斯泰普頓兄妹的家裡作客。他們的住所很寬敞，布置整潔高雅，從窗口遠眺，可以看見那綿延起伏、點綴著花崗岩的沼地。我不禁感到納悶，一位受過高等教育的紳士與美麗的女士，為什麼願意住在這種地方呢？

參觀完斯泰普頓兄妹的家後，我告別兩人，踏上歸途準備返回莊園。還未走上大路，我便發現斯泰普頓小姐已經坐在小路旁的一塊石頭上，她雙手插在腰間，臉上由於奔跑而泛著紅暈。

「為了追上你，我刻不容緩地跑了過來。」她說，「華生醫生，真對不起，我竟把你當成亨利爵士。請把我說過的話忘掉吧！那與你無關。」

「抱歉，我想我做不到。亨利爵士是我的朋友，我非常關心他的安全。請告訴我，你為什麼覺得亨利爵士應該立刻回倫敦？我保證會把你的話轉達給他。」

她猶豫了一會兒，說：「我和哥哥對查爾斯爵士的死都感到十分傷心。糾纏他們家族的詛咒對他影響甚鉅，而我也相信他的恐懼其來有自。沒想到現在又有他們家族的人來到這裡，我擔心亨利爵士也會遇上危險，所以想對他提出警告。」

「可是，你所說的危險是什麼呢？」

「你知道魔犬的故事吧？我相信牠是存在的。如果你能說服亨利爵士，就請你把他從這個致命的地方帶走吧！」

「他正是因為這裡危險才來的，這就是他的性格。除非你有更明確的證據，否則恐怕很難讓他離開。對了，我想問你一個問題，為什麼你不願讓你哥哥聽到你說的這些話呢？」

「我哥哥非常希望莊園能有個主人，因為這對沼地的窮人們是有利的。如果他知道我想勸亨利爵士離開，一定會大發雷霆。現在我已經把話說完了，如果再不快點回去，哥哥會起疑心的。那麼，再見！」她轉身而去，幾分鐘內就消失在亂石之中，而我則懷著恐懼和疑惑回到了巴斯克維爾莊園。

以下是我寫給福爾摩斯的幾封信件中的內容：

福爾摩斯先生：

我要向你報告以下幾件事情。首先是諾丁山殺人案的凶手不見了，從他逃獄至今已經兩個星期，卻一直沒有他的消息。如果說他這段時間一直躲在沼地裡，未免有些令人難以置信。

在我拜訪斯泰普頓家的當天，斯泰普頓就來拜訪了亨利爵士。第二天早晨，他又帶著我們去看傳說中雨果出事的地點。那個地方長滿了白棉草，中間矗立著兩塊巨石，頂端經過長時間的風吹日曬已變成尖形，看上去酷似一隻猛獸的獠牙，這個景象確實與傳說中的可怕情景相符。

歸途中，我們先回到麥利皮特，並在斯泰普頓家享用午餐。亨利爵士就是在那裡認識斯泰普頓小姐的。他好像很喜歡她，我甚至覺得他們是兩情相悅。從那天起，我們幾乎每天都和他們兄妹倆見面。然而奇怪的是，斯泰普頓先生對這件事非常反感，甚至想方設法阻止他們倆單獨在一起。

在這裡，我還遇到了亨利爵士的另一位鄰居——拉夫特莊園的富蘭克倫先生。他對英國法律有著超乎尋常的熱忱，花大筆金錢與人打官司，僅僅是為了得到勝訴的滿足感。他還有一架天文望遠鏡，有空時就趴在自家屋頂上瞭望沼地，希望能發現那名逃犯。

下面再讓我告訴你一件非常奇怪的事情：是有關拜里莫夫婦的。

我曾告訴過你，在我來到這裡的第一天晚上，聽到她傷心地啜泣，從那之後，我不只一次看到她臉上帶有淚痕。顯然，有某種深切的悲痛折磨著她的靈魂深處，但我還不清楚箇中原因。不過，昨夜的意外發現讓我成功解開了這個謎題。

大約在午夜兩點鐘的時候，我被屋外輕微的腳步聲驚醒。我打開房門偷偷往外看，發現一個手拿蠟燭的身影，正沿著走廊輕輕向前走去。我認出他是拜里莫，便保持一段距離，不動聲色地跟著他。後來，我看見從一扇開著的門裡射出一道光線，便斷定他已走進了那個房間。我小心翼翼地靠近，並從門邊朝裡面窺視。

我看見拜里莫正彎著腰靠在窗前，聚精會神地注視著漆黑的沼地，神情焦急而嚴肅。他站在那裡觀察了幾分鐘後，深深嘆了一口氣，不耐煩地吹熄了蠟燭。我趕緊轉身回房，沒過多久就聽見他悄悄走回房間的聲音。這座陰森的房子裡似乎有許多不可告人的祕密，我們一定要把它查個水落石出。

寄自巴斯克維爾莊園　十月十三日

福爾摩斯先生：

在過去的四十八小時裡，又有一些事情發生了。

在我發現那樁怪事後的隔天，我悄悄察看了昨晚拜里莫去過的那個房間。當時他靠著的那扇窗戶恰巧面向沼地，從那裡可以清晰地俯瞰整片沼地。因此，我斷定拜里莫一定是想在沼地尋找某人或某物。我把我的所見所聞告訴亨利爵士，我們決定當天晚上一起跟蹤拜里莫。

第一天晚上，我們徒勞而歸。我們在亨利爵士的房間裡一直坐到凌晨三點，仍然毫無動靜。第二天晚上，我們試著關燈，靜靜地坐在房裡等待，就在我們絕望得快要放棄時，走廊上竟再次傳來了輕輕的腳步聲。

我和亨利爵士悄悄跟著在黑暗中行走的拜里莫，發現他又走進上次那個房間。我們看到他彎腰站在窗前，手裡拿著蠟燭，和我前天在夜裡看到的情景一模一樣。亨利爵士決定直截了當地問個明白，於是逕直走進房間。拜里莫一看見我們，立刻從窗前跳開，站在我們面前。他看看亨利爵士，又看看我，緊張和驚恐的神情表露無遺。

一開始，拜里莫向我們解釋說他是來關窗戶的。亨利爵士問他為什麼要把蠟燭拿近窗口，他表現出一副欲言又止的樣子，最後還是不肯說。我懷疑蠟燭是作為發送信號的工具，於是乾脆從拜里莫手中把它拿過來，像他那樣站在窗前注視著外面。果不其然，我看見正對著窗口的遠方出現了一個極小的黃色光點。亨利爵士非常憤怒，但拜里莫依舊不肯說出真相，即使亨利爵士說要辭退他，他也不讓步。

這時，拜里莫太太也來了。她對亨利爵士解釋，拜里莫之所以這樣做，是因為她的弟弟，也就是那個逃犯塞爾登，他正躲在沼地裡挨餓。每天晚上，他們都會點上蠟燭站在窗前，看看他是不是還在那裡，如果有信號回應的話，他們就會替他送去一些食物。這些天來，她總是偷偷地哭泣也是因為擔憂她弟弟的情況。

坦白實情後，拜里莫夫婦便回房了。亨利爵士和我再次望向窗外，發現那黃色的小光點依舊亮著，地點離莊園似乎有一、兩英里遠。我們決定冒一次險，於是馬上帶著兩支獵槍，穿上高筒皮靴，前往小光點的所在位置。剛到沼地，天就開始下起了雨，而那道燭光仍舊在前方閃爍著。

突然，巨大而陰森的沼地裡傳來了一陣奇怪的吼聲，那聲音與我前幾天在沼地聽到的一模一樣。先是一聲悠長而深沉的低鳴，接著是一陣高聲的怒吼，再來是一聲淒慘的呻吟，然後聲音就消失了。

「該不會是魔犬吧？」亨利爵士驚恐地說。

「有可能，但我們決不能回去，因為我們的目的是抓住逃犯。來吧！即使所有的妖魔鬼怪都聚集到沼地來，我們也要堅持到底！」

我們在黑暗中跌跌撞撞地向前走，參差相雜的山影環繞著我們，而那黃色的光點依然在前面閃動著。最後，我們終於看清了光點的位置，並緩緩地接近它。我們看見一支點燃著的蠟燭被插在一道石縫裡，兩面都被岩石擋著，這樣既可避免風吹，又可阻擋巴斯克維爾莊園以外的其他方向的視線。我們彎著腰悄悄地繞到一塊花崗岩後方，並從上面望著那道作為信號的燭光。

「現在該怎麼辦呢？」亨利爵士壓低聲音問。

「在這裡等著吧，我相信他一定就在燭光附近。」

話音剛落，我們就看見蠟燭附近的岩石後方忽然探出一張野獸般的面孔，他骯髒不堪的臉上長著粗硬的鬍鬚，頭髮也亂蓬蓬的，像極了古代山洞裡的野人。他臉上驚恐的神色顯而易見，這說明一定有什麼東西讓他起疑。考慮到他隨時有可能會逃走，於是我們一起朝他衝了過去。就在這一瞬間，我看到他果真轉身逃跑了。這時，月光從雲縫中撒下，將他那矮胖卻健壯的身影照映得清清楚楚。儘管我們也跑得很快，但不久他便消失得無影無蹤了。

正當我們打算放棄追捕、轉身回家時，又發生了一件令人匪夷所思的事。在明亮的月光下，我看見了一個男人的身影。他站在一塊突出的岩石上，看起來如同一座漆黑的銅像。那是一個又高又瘦的男人，他雙臂交叉，正對著廣闊的荒野低頭沉思。根據我的判斷，他絕對不是那個罪犯，因為他的身材比罪犯高得多。我想指給亨利爵士看，然而說時遲那時快，那個人影竟突然消失了。本來我想再把那塊突岩搜索一遍，但此時的亨利爵士已無心繼續冒險，於是我們只好返回莊園。

寄自巴斯克維爾莊園　十月十五日

接下來是我幾天的日記，這些日記記錄著那些深深烙印在我腦海中的情景。現在，我就接著從那次在沼地追捕逃犯無功而返的事件後開始談起吧：

十月十六日，天氣陰。我始終覺得有一種危險在我們身邊，令我感到不安。我又想到自己曾在沼地聽見陰森的低鳴，那真的是超自然現象嗎？一隻幽靈般的魔犬，竟然留下了爪印，叫聲又響徹雲霄，簡直讓人無法想像。也許斯泰普頓會相信，但我無論如何也無法相信，更不要說福爾摩斯了。當然，只要證明沼地裡確實有一隻大獵犬，一切就都可以解釋了。不過，這麼大的一隻獵犬究竟能藏在哪裡呢？白天為什麼都沒有人看見牠？不管一切是否符合自然定律，我都無法解釋，只好暫時把這個謎題擱在一旁。

吃過早餐後，拜里莫要求和亨利爵士單獨談話。事後，亨利爵士告訴我，拜里莫懇求亨利爵士不要讓員警知道塞爾登躲在沼地裡，過幾天他就會安排塞爾登去南美洲了。亨利爵士雖然知道這樣包庇是錯誤的行為，但還是心軟答應了他。為了表示對亨利爵士的感謝，拜里莫忽然提供了一條重要的線索。他說他知道那晚查爾斯爵士站在柵門旁，是為了與一個女人會面，但是他覺得說出來有可能會損害到查爾斯爵士的名聲，因此才一直三緘其口。

而他之所以會知道這個資訊，是因為他太太在清理查爾斯爵士的遺物時，在房間的壁爐下發現了一封幾乎被燒成灰燼的信紙，只剩信末的一小塊還算完整，上面寫著：「您是一位君子，請務必燒掉這封信，並在十點鐘時於柵門旁等候。」最後署名為Ｌ．Ｌ．的姓名縮寫字母。

「你知道Ｌ．Ｌ．是誰嗎？」

「這我不清楚。」

「好吧，你可以離開了。」

拜里莫走後，亨利爵士和我都認為，只要能查清Ｌ．Ｌ．這個人，就可以把整件事情弄清楚。我趕緊寫了一封信告訴福爾摩斯這則大消息。儘管知道他非常忙碌，但我仍然希望他能趕到這裡。

十月十七日，天氣雨。傍晚時分，我穿上雨衣雨鞋，前往濕軟的沼地，來到那塊突起的岩石旁。不過，沒有發現那晚月光下的高瘦身影。

回去時，我遇見了莫迪摩爾醫生，便搭了他的馬車回莊園。我問：「莫迪摩爾醫生，我想你對這附近所有的住家應該都很熟悉吧？你能告訴我，哪些女人姓名的縮寫是Ｌ．Ｌ．嗎？」

他想了想後，說：「有一位叫作蘿拉．萊昂，是富蘭克倫的女兒，姓名縮寫正是Ｌ．Ｌ．，就住在特雷西峽谷。她曾和一位姓萊昂的畫家結婚，但沒過多久便被丈夫拋棄。她父親決定不再管她的事，因為她沒有得到父親的同意就結婚了。現在，萊昂的生活很艱難，只能靠一些善良人們的幫助過活。據我所知，斯泰普頓和查爾斯爵士都曾幫助過她。」

接著，他問我為什麼要打聽這些事情，但我沒有多言，因為在事情明朗以前，我無法相信任何人。我準備明天一早就去特雷西峽谷見見那位蘿拉．萊昂夫人，如果順利的話，我對這一連串神祕事件的調查就會往前邁進一大步。

另外，今天我還詢問過拜里莫，塞爾登是否還在沼地裡？他說有可能，但他已經連續三天沒有得到任何關於他的消息了。我又問，沼地裡是不是還有另一個人，拜里莫說，是的，塞爾登曾見過那傢伙一、兩次，但他非常陰險狡猾，從未暴露自己的身分。據他看來，那人像是個上流社會的人物，可是他不清楚那個人究竟在做什麼，只知道他住在山坡上的古老石屋，還有一個供應他一切生活所需的小孩。

聽到這裡，我望了望窗外漆黑的景色，不禁感到有些疑惑：在這種月黑風高的夜晚，即便待在室內也會讓人心驚不已，更何況是住在沼地的石屋裡！究竟有什麼樣的目的，使他這般忍辱負重？我決定，明天要克服所有困難去揭開這個謎底。

十月十八日。今天，我與亨利爵士商量去找萊昂夫人的事，最後一致認為，由我一人前去拜訪較為妥當。到了特雷西峽谷後，我順利地找到她的住所。萊昂夫人給我的第一印象是美豔動人。

「你好，我是為了查爾斯爵士的事來的。」我問：「你是否曾經寫信給他，要求他和你見面？」

「先生，你來就是為了問這個嗎？太失禮了！」萊昂夫人滿臉漲紅地說。

「非常抱歉，夫人，但我必須要知道答案。」

「那我就回答你，絕對沒有！」

「查爾斯爵士死亡當日也沒有嗎？」

一聽這話，她的臉色瞬間變得慘白，但依舊支支吾吾地回答：「沒有。」

「那一定是你的記憶欺騙了你，」我說：「我甚至還記得信中的最後寫著：『您是一位君子，請務必燒掉這封信，並在十點鐘時於柵門旁等候。』」

她臉色鐵青地看著我，接著滔滔不絕地道出滿腹心事：「是的，我寫過！我只是希望他能幫助我。我過著糟糕的日子，受著我那厭惡透頂的丈夫的迫害。我之所以寫信給查爾斯爵士，是因為我丈夫說如果我能給他一筆錢，我就能重獲自由。我知道查爾斯爵士非常慷慨，我相信只要我能親自告訴他我的遭遇，他一定會伸出援手。那時，我還得知他隔天就要前往倫敦，所以我非寫不可。」

「那你為什麼要選擇在外頭與他見面，而不直接到他屋裡拜訪呢？」

「你認為一個女人在那個時間拜訪一個單身男人妥當嗎？」

「哦，那麼你到那裡以後，發生了什麼事？」

「我沒有去，因為在那之前，我已得到別人的幫助了。」

「那你為什麼要求查爾斯爵士燒掉那封信呢？」

「這是我的私事，無可奉告。」

既然萊昂夫人不肯再透露更多消息，我也只能打道回府。不過，從她那蒼白的面孔和驚恐的神情來看，我知道她肯定隱瞞著什麼。接著，我把目標轉移到沼地裡的石屋，打算找出那個神祕的傢伙。半途中，我遇見了富蘭克倫先生。他拉著我，走到他住家樓上。

「那個逃犯現在怎麼樣了？」他問。

「難道你知道他在哪？」我不由得大吃一驚。

「雖然我還不知道他確切的藏身地點，但我相信我一定能幫助警方抓住他，因為我曾親眼見過替他送飯的小孩。」

太幸運了！拜里莫曾說過，那傢伙所需的一切都是由一個小孩送去的！如果我能打聽到更多的資訊，就不用像無頭蒼蠅那樣漫無目的地搜索了。

富蘭克倫先生讓我透過他架在屋頂上的望遠鏡瞭望沼地，恰巧看見一個肩上扛著一小卷東西的孩子，正朝著石屋走去。

後來，我告別了富蘭克倫先生，隻身穿過沼地，來到那座石屋前。我小心翼翼地從外面窺探，發現屋裡空無一人，於是我走進石屋，並躲在屋裡某個陰暗的角落，靜靜等候它的主人歸來。等了許久，那個神祕的傢伙終於回來了，我仔細一看，居然是福爾摩斯！

沼地裡的慘劇與真相

我和福爾摩斯都因為能在這裡遇見彼此而感到吃驚。福爾摩斯告訴我，他之所以會來到沼地，是因為他察覺到我的處境可能有危險，於是決定親自來調查這件事。原來，那晚我在月光下看到的人影就是他。

我把訪問萊昂夫人的全部細節告訴了他。聽完後，他說：「很好，這些線索連結了這起複雜案件中我無法釐清的問題。你知道嗎？萊昂夫人和斯泰普頓先生的關係極為親密。他們經常約會、通信，而這點可以成為我們離間他與他妻子的武器。」

「他的妻子？」

「沒錯，根據我的調查，那位斯泰普頓小姐其實是他的妻子！」

我大吃一驚：「既然如此，他又怎麼會讓亨利爵士愛上自己的太太呢？」

「這當然是一個陰謀。亨利爵士愛上斯泰普頓小姐，除了亨利爵士本人之外，對誰都不會有什麼害處。況且，他也曾經試圖阻止亨利爵士向她求婚啊！」

「可是，他為何要如此煞費苦心？」

「因為他早就明白，讓妻子假扮成未婚女子會對他比較有利。」

「所以，你覺得他就是我們的對手，也是在倫敦跟蹤亨利爵士的人？那封警告信也是他寄的？」

「我想是這樣沒錯。」

「如果斯泰普頓小姐是他的妻子，那蘿拉·萊昂又是他的什麼人？」

「這正是我之前無法釐清的問題，不過你的調查已經使情況逐漸明朗。我沒聽說過她想與丈夫離婚，如果她確實有此打算，又認為斯泰普頓是位單身男子，那她一定考慮過成為他的妻子。」

「萬一她發現真相呢？」

「哦，那對我們就更有利了。我們明天就去找她。」

「好的。不過在那之前，請容許我再問一個問題。請你告訴我斯泰普頓為什麼要做這些事？」

「華生，這是一次深謀遠慮的蓄意謀殺，至於具體細節就請你別再探問了。現在我們需要擔心的只有一點，那就是他可能比我們早先下手，所以，這兩天你必須寸步不離地保護亨利爵士，直到我把破案的準備工作做好為止。咦——」

突然，一陣可怕的吼叫聲劃破了沼地的寂靜。聲音非常響亮，似乎是從沼地裡的某個地方傳來的。吼叫聲愈來愈近，而且聽起來非常凶狠。

「是獵犬！」福爾摩斯喊道：「我們恐怕來不及了！華生！快！」

他迅速朝著聲音傳來的方向跑去，我緊跟其後。可是突然間，就在我們前方的那片亂石中，傳出一聲絕望的慘叫，接著是模糊而沉重的「咕咚」一聲。

我們繼續往前奔跑，不時被亂石絆倒在地。我們爬起身，跑上了小山，再順著一個斜坡衝下，朝著那可怕吼聲傳來的地方奔去。終於，我們抵達了目的地，並在那高低不平的地面上，發現一團黑乎乎的東西。原來那是個趴在地上且血肉模糊的人，他的身體蜷縮成一團，頭埋在身體下，看起來就像要翻跟斗一樣。看樣子他應該是摔死的，但我們認為這起命案跟獵犬依舊脫不了關係。福爾摩斯點了一根火柴，湊近一看，發現這具屍體竟然是亨利爵士！他身上穿的那款別緻的紅色蘇格蘭服裝，正是我們在貝克街第一次見到他時所穿的！

我和福爾摩斯傷心極了，並為沒有保護好我們的當事人而自責不已。同時，我們發誓一定要證明斯泰普頓與獵犬之間的關係，讓他為巴斯克維爾家族的兩起謀殺案付出代價！正當我們打算把屍體抬回莊園時，福爾摩斯突然發現屍體的臉上有鬍子！我們把屍體翻過來，竟發現死者原來是逃犯塞爾登！我這才想起，亨利爵士曾把他的舊衣服送給拜里莫，而拜里莫又把這些衣服轉送給塞爾登，讓他在逃亡途中有換穿的衣物。顯然，亨利爵士的衣服是他致死的原因。很可能，斯泰普頓事先知道亨利爵士會經過此處，於是讓獵犬聞了聞亨利爵士用過的物品——比如那隻在旅館失竊的靴子，然後對他進行追蹤。塞爾登就這樣被窮追不捨，直至摔死。

最後，我們決定先用東西遮住死者的頭部，等明早再來想辦法處理。福爾摩斯跟我一起回到了巴斯克維爾莊園，亨利爵士見到他十分高興，立刻與他熟絡交談起來。與此同時，我將沼地裡的事故告訴拜里莫夫婦，並請他們為死者處理後事。拜里莫太太得知後痛哭失聲，但對拜里莫來說，塞爾登的死讓他感到完全的解脫。

接著，我們又詢問亨利爵士今天是否有發生什麼不尋常的事情。他說：「上午我接到斯泰普頓的來信，邀請我到他家作客。要不是我曾答應過你們絕不單獨外出，說不定我就能度過一個愉快的夜晚了。」

福爾摩斯冷冷地說：「如果你真的去了，恐怕現在已經躺在那裡並摔斷了脖子，因為死去的塞爾登穿的正是你的衣服，不幸成了你的代罪羔羊。」

亨利爵士瞬間變得驚恐不已，戰戰兢兢地說：「請你務必將那隻可怕的魔犬抓起來鎖上鐵鏈！」

「沒問題。只要有你的合作，我相信一定能辦到……」

話說到一半，福爾摩斯忽然專注地盯著牆壁上的一排肖像，這些都是莊園歷代主人的畫像。他目不轉睛地瞧著，甚至拿著一支蠟燭照著那些肖像反覆察看。

「華生，你能從這張畫像上看出什麼嗎？」他指著雨果．巴斯克維爾的肖像問道。我仔細觀察了一番，赫然發現這張面孔像極了斯泰普頓！

「這就是一個隔代遺傳的實例。顯然，斯泰普頓也是巴斯克維爾家族的後代，而且還計畫奪取繼承權。過不久，他應該就會發現死去的並非亨利爵士。我們一定要趕在他再次下手前，將他逮捕歸案！」福爾摩斯憤憤地說。

第二天一早，福爾摩斯告訴亨利爵士，他和我要一起回倫敦一趟。亨利爵士聽完很不高興，說一個人住在這裡可不是一件愉快的事，但福爾摩斯說因為有一件急事必須處理，所以一定得回去。不過，他向亨利爵士保證會儘快趕回來。

「另外，我希望你能照昨天來信赴約，坐馬車去斯泰普頓家，然後讓你的馬車先回來，讓大家知道你打算步行回家。等你離開穿過沼地時，切記只能走麥利皮特直通格陵朋的那條路！」福爾摩斯說。

「走過沼地？那可是你們一直叮囑我不要做的事啊！」亨利爵士不解地問。

「我保證你一定會安然無恙。要是沒有絕對的信心，我也不會如此建議。」

「好，那就聽你的吧！」

「很好。華生，我們還是早點動身，那樣今天下午就能抵達倫敦了。」

我和福爾摩斯告別亨利爵士後，立即趕到特雷西峽谷車站。月臺上已經有個小男孩在等著我們，「有什麼吩咐嗎，先生？」他問。

「卡德萊特，你現在坐這班車回倫敦。一到那裡，馬上用我的名字發一份電報給亨利爵士，說如果他找到我掉在莊園的記事本，請用掛號幫我寄回貝克街。」福爾摩斯說。

看來，福爾摩斯是想利用亨利爵士，讓斯泰普頓夫婦相信我們確實已經回到倫敦。但實際上，我們隨時都會出現在任何需要我們的地方。如果亨利爵士向斯泰普頓夫婦提起從倫敦發來的電報，肯定能完全消除他們的疑心。

接著，我們離開車站，前往蘿拉．萊昂夫人的家。福爾摩斯直截了當地告訴她，她被斯泰普頓欺騙了，他所謂的妹妹實際上是他的妻子。萊昂夫人大吃一驚，不願相信。福爾摩斯立即從口袋裡拿出一張照片和幾份資料，說：「你看，這是四年前他們兩人的合照，背面寫著『梵得羅夫婦』，這是他當時的姓氏。這幾份資料是幾位可靠的證人提供的，你若是有疑慮可以找他們對質。」

萊昂夫人瞬間恍然大悟，她從絕望轉為憤怒，並決定將先前隱瞞我們的事全盤托出：「福爾摩斯先生，斯泰普頓曾對我說，只要我能和丈夫離婚，他就會娶我。原來他一直在騙我，我從頭到尾都只是他手裡的工具！好，我現在就告訴你們真相。是的，我曾經寫過一封信給查爾斯爵士，請他在那天晚上十點到柵門旁與我會面。那封信是斯泰普頓叫我寫的，他告訴我，我這樣做就能得到查爾斯爵士經濟上的援助，打離婚訴訟時就不愁沒錢了。可是信寄出去後，他卻又不讓我去莊園。在查爾斯爵士死後，斯泰普頓又叫我發誓，決不能說出我曾約查爾斯爵士出來見面，否則我一定會受到牽連。我一聽，馬上就嚇壞了，所以才一直不敢吭聲。」

「你的疑慮也不無道理。」福爾摩斯點了點頭，「不過，斯泰普頓肯定清楚自己有把柄落在你手裡，因此極有可能對你不利，你要多加注意安全。」

叮囑了萊昂夫人幾句後，我們返回火車站，迎接收到福爾摩斯的電報而從倫敦趕來的萊斯特雷德員警，然後一起前往沼地。

我們來到了沼地附近，前面不遠處就是斯泰普頓的家。福爾摩斯悄悄問萊斯特雷德：「你帶著武器嗎？」萊斯特雷德微笑地點點頭。

我們繼續沿路前行，可是離斯泰普頓家大約還有兩百碼時，福爾摩斯叫住了我們。他說，我們要在這裡伏擊，因為四周陰暗的山坡和沼地上的濃霧，可以成為我們絕佳的掩護。

由於我曾去過斯泰普頓家，因此早就摸透屋子的格局。福爾摩斯讓我一個人先悄悄地過去，然後透過百葉窗看看裡面的情況。我順著小路走去，藉著陰影躲在暗處。透過沒掛窗簾的窗戶望進去，我看見亨利爵士和斯泰普頓兩人正坐在圓桌旁談天。接著，斯泰普頓起身離開房間，走進果園一角的小屋。他一進去，裡面就傳出一陣奇怪的扭打聲。他在小屋裡只待了一分鐘，便走了出來，然後回到房間裡繼續與亨利爵士待在一起。

我悄悄地回到福爾摩斯和萊斯特雷德身邊，告訴他們我看到的一切。福爾摩斯問我，有沒有看到斯泰普頓太太，我說我沒看見她。

沼地上的霧愈來愈濃了。濃霧像白羊毛似的，朝房屋飄過來，遮住了窗戶，遮住了果園後面的牆，甚至即將掩蓋整幢房屋。

「如果亨利爵士再不出來，連這條小路都要被遮住了。不過，我們一定要不惜任何代價堅守在這裡。」福爾摩斯說。

突然，一陣腳步聲打破了沼地的寧靜。我們蹲在亂石之間，全神貫注地盯著濃霧。不一會兒，亨利爵士穿過了濃霧，他驚慌地環顧四周，然後順著小路，朝莊園奔了過去。

緊接著，濃霧中又傳來了輕輕的「叭嗒叭嗒」聲，我們三個人瞪大眼睛，緊緊盯著聲音傳來的方向。眨眼間，濃霧中突然竄出一個巨大的黑影，朝我們撲來。萊斯特雷德驚叫一聲，趕緊趴在地上。我猛地一躍而起，已變得有些僵硬的手指緊握著手槍。那確實是一隻獵犬，是一隻漆黑如炭的龐然大物。牠張大著嘴，發亮的眼睛彷彿在冒火，朝著亨利爵士追去。

福爾摩斯和我一起朝牠開槍，獵犬吼了一聲，顯然被打中了，但牠仍然繼續向前狂奔。遠處，我們看見亨利爵士正回頭張望，他已嚇得面如白紙，絕望地看著正朝他撲來的獵犬。不過，獵犬痛苦的吼叫聲已經讓我們明白，既然我們能傷害牠，那就一定能殺死牠。於是，我們飛快地向前追去，其中福爾摩斯的速度更是無人能敵。就在獵犬把亨利爵士撲倒，正要咬住他的咽喉時，福爾摩斯精準地朝獵犬連開五槍。那隻獵犬朝空中發出最後一聲慘叫後，便仰面倒下了。

此時，亨利爵士已經失去意識，一動也不動地躺在地上。我們解開他的衣領，發現他身上並沒有傷痕，這才鬆了一口氣。不久後，亨利爵士慢慢甦醒過來，從他驚恐的神情看來，他似乎還心有餘悸。

我看著那隻巨大的獵犬，然後摸了摸牠那發光的嘴，一抬手，竟發現我的手指也在黑暗中閃著光。原來，有人在牠嘴邊塗了能在黑暗中發光的磷，讓牠看起來更加恐怖。

我們扶起依舊蒼白無力的亨利爵士，讓他先坐在一顆大石頭上。福爾摩斯告訴他：「你就先好好待在這裡吧！現在證據已經齊全，就只差抓住犯人了。不過，他

肯定已經不在屋裡，因為槍聲已經通知他事跡敗露了。」

為了保險起見，我們還是仔細搜查了房子。一開始沒發現什麼，後來，我們在二樓的一個被布置成小型博物館的房間裡，發現了被綁在木樁上的斯泰普頓太太。她的脖子被人用一條絲巾繫在木樁上，另一條絲巾矇住了大半張臉，只露出一雙烏溜溜的大眼。我們趕緊替她鬆綁，沒想到，她開口的第一句話竟是詢問亨利爵士是否安全。她聽到亨利爵士已無生命危險，獵犬也被我們殺死後，寬心地鬆了一口氣。接著，她猛地拉起自己的袖子，讓我們看她臂膀上布滿的累累傷痕：「這還不算什麼，更讓我受不了的是斯泰普頓加諸在我精神上的折磨！我不但受他欺騙，還被他當成了工具！」她說著說著，傷心地哭了起來。

「他現在逃到哪裡去了？」福爾摩斯問。

「他只會去一個地方，那就是沼地中央的一座小島，他早已做好到那裡躲藏的準備。」她說，「不過，他進去以後恐怕就再也出不來了。我們曾在沼地插上許多木棍，用來標示穿越泥潭的小路，但在這種濃霧密布的夜晚，他絕對沒辦法看見那些標誌。」

看來，在濃霧完全消散之前，我們應該很難追捕到他了。於是，我們讓萊斯特雷德看守房子，福爾摩斯和我則陪著亨利爵士回到莊園。回去的途中，我們告訴了他有關斯泰普頓夫婦的真相。當他得知自己深愛的女人竟是已婚人士時，非常震驚，但還是勇敢地接受了這個事實。

第二天早晨，霧散了，斯泰普頓太太領著我們來到穿越泥潭的那條小路。愈往深處走，路就愈泥濘。腐朽的臭味、濃重的濁氣迎面撲來，我們不只一次陷入可怕的泥坑裡。突然，我們發現泥地旁的草叢裡有一件黑色的物品，表示在我們之前，有其他人已經穿越了這條危險的路。

福爾摩斯舉起那個東西一看，發現是亨利爵士弄丟的那隻舊黑皮靴。他說，一定是斯泰普頓逃跑時遺落的。當時，他就是讓獵犬聞了這靴子的氣味，再讓獵犬去追亨利爵士。如今，這個把戲還是被拆穿了。

我們艱難地走過最後一段小路後，開始在地上仔細尋找斯泰普頓的腳印，卻一無所獲。我們只能推測，斯泰普頓昨夜在濃霧中掙扎著想穿越泥潭時，不幸掉落到泥沼裡，被骯髒的黃泥漿吞噬了。不過，我們在周圍的一座小房子裡，發現了一條鐵鏈和一些啃過的骨頭，可見那隻獵犬曾被藏在這裡。

福爾摩斯說：「平時，斯泰普頓就把他的獵犬藏在這裡，可是他無法阻止牠發出聲音，所以白天才會出現那些可怕的吼聲。在準備行動時，他會把獵犬暫時移至麥利皮特的小屋，並在牠身上抹上磷。他之所以這樣做，只不過是想利用魔犬的傳說。連強悍的逃犯看到這樣可怕的動物都會被嚇死，查爾斯爵士還能不嚇死嗎？這的確是個狡猾的陰謀，不僅可以把要謀害的人置於死地，而且還能使農民不敢深入調查。華生，我還沒有遇過比他更危險的人物呢！」

幾個月後，莫迪摩爾醫生和亨利爵士為了辦事來到倫敦，便順道前來拜訪福爾摩斯。他們聊著聊著，又說起了那個案子。現在，就讓我們一起聽聽福爾摩斯的詳細分析。

「其實，這個案子從斯泰普頓的身上著手會比較容易。」福爾摩斯說：「巴斯克維爾莊園裡的那個畫像並沒有騙人，斯泰普頓確實是這個家族裡的人，他是查爾斯爵士的弟弟羅傑．巴斯克維爾的兒子。斯泰普頓在南美洲與一位哥斯大黎加美人貝莉兒．迦洛茜婭結婚後，由於貪污，不得不改名為梵得羅，逃往英國。他先開辦了一所私立小學，但經營不順。於是他又改名為斯泰普頓，帶著剩餘的財產，來到英國南部居住。當然，他一直想繼承巴斯克維爾家族的龐大財產，但從法律上來說，他並非第一順位繼承人。

「經過調查，他發現只有兩個人會妨礙他。只要沒有這兩人，就能由他繼承財產。首先，他讓太太假扮成自己的妹妹，並遷居至達文郡，讓自己的家離巴斯克維爾莊園愈近愈好。接著，他開始打聽有關家族的一切，很快便得知那個魔犬的傳說，以及查爾斯爵士患有嚴重的心臟病且非常相信魔犬的故事。於是，他的陰謀逐漸開始成形。

「那隻獵犬是他從倫敦買來的，是同類獵犬中最強壯、最凶惡的一隻。為了避人耳目，他把牠帶到沼地中的那座小島藏起來。由於斯泰普頓曾數次帶著獵犬潛伏在外，因此農民才會目擊到獵犬，魔犬的傳說因而再次甚囂塵上。不過，要如何把查爾斯爵士從家裡引出來是個問題。斯泰普頓曾經希望他太太成為誘餌，可是她堅持不肯，所以有段時間，斯泰普頓幾乎是一籌莫展。

「後來，他終於逮到一個機會，那就是蘿拉．萊昂夫人。他偽裝成單身漢，藉著給予經濟援助的名義接近萊昂夫人，並許諾她，如果她和丈夫成功離婚，就娶她為妻。可是，查爾斯爵士在莫迪摩爾醫生的建議下即將前往倫敦，讓斯泰普頓不得不馬上行動。他迫使萊昂夫人寫了那封信，希望查爾斯爵士在去倫敦的前一晚和她見面。信寄出後，他又用冠冕堂皇的理由阻止她赴約。這樣，他就得到了一個千載難逢的好機會。

「傍晚，他從特雷西峽谷坐車回來，從沼地中的小島帶回獵犬，抹好能在黑暗中發光的磷，帶著牠來到柵門附近。他一看到查爾斯爵士，便放開獵犬，讓牠躍過柵門，朝老紳士撲過去。查爾斯爵士被追得一邊喊叫，一邊順著紫杉樹小徑飛奔，最後因為驚嚇過度，心臟衰竭而死。由於獵犬是跑在小徑和紫杉樹圍籬中間的草坪上，因此不會在小徑發現牠的腳印。當獵犬走到查爾斯爵士身邊聞了聞，發現他已經死亡後，便轉頭離開了，所以才留下莫迪摩爾醫生所看到的腳印。在此說明，獵犬是不吃屍體的，因此老紳士的屍體才沒有被破壞。後來，獵犬又被斯泰普頓帶回位於沼地的小屋。

「斯泰普頓原先不知道還有一個繼承人，但他很快就從莫迪摩爾醫生那裡聽說了。他的第一個念頭就是：直接在倫敦殺死他。由於先前妻子的反抗，讓他不再信任她，但他又不敢讓她長時間離開自己身邊，便索性帶著她一起前往倫敦，並把她關在旅館裡。他自己則貼上假鬍鬚，跟蹤亨利爵士來到貝克街、車站和諾桑布侖旅館。他太太知道他的陰謀，但又不敢直接寫信去警告那個正身處險境的人，便想到從報紙上剪下所需要的文字，拼貼成那封信，再用偽裝的筆跡寫上收信人的地址。幸好，那封信成功地送到亨利爵士的手裡。

「另外，斯泰普頓知道，必須拿到亨利爵士的衣物，才能讓他的獵犬根據氣味進行追蹤。我相信，他一定賄賂了旅館內的服務員，才達到目的，但服務員第一次偷的竟然是對他毫無用處的一隻新靴子，於是他悄悄把它還回去，並順道偷了另一隻舊皮靴。這件事讓我明白，我們的對手應該是一隻獵犬。後來，莫迪摩爾醫生帶著亨利爵士再次拜訪我們，絲毫沒有察覺到自己正被人跟蹤。從斯泰普頓熟稔的行為來看，他應該是個慣犯。不出我所料，根據我之後調查到的資料，發現他曾經犯過許多起竊盜案，這些年來一直是個亡命之徒。

「當他從我們手中逃掉，並將我的名字告訴車夫時，我就明白他有多麼狡猾了。他已經知道我插手此案，也瞭解到在倫敦不可能有機會下手，於是才回到沼地，等待亨利爵士的到來。

「其實，在我仔細分析過沼地附近的居民後，就開始懷疑起斯泰普頓夫婦了。之後，我便悄悄地來到沼地，監視斯泰普頓。我大部分時間都待在特雷西峽谷，只有必須接近犯罪現場時，才住在沼地裡的石屋。唯有這樣做，才能避免打草驚蛇，讓他不至於變得太過謹慎。和我一起來的是卡德萊特，他裝扮成農村小孩的模樣，替我送來食物和乾淨的衣服。而華生的報告也讓我掌握了很多線索，比如讓我搞清楚那個逃犯與拜里莫之間的關係等等。

「當華生在石屋發現我的時候，我已經釐清整件案子了，只是苦於缺少決定性的證據。我們必須以現行犯逮捕他，而要這樣做，就不得不利用亨利爵士作為誘餌。雖然讓亨利爵士受到了不小的驚嚇，但幸好我們最終獲得了證據，並把斯泰普頓逼入絕境。

「而說到斯泰普頓太太，她的確受到了丈夫的控制，其原因可能是出於愛情，或是恐懼，又或者兩者兼具。可是，她並沒有直接參與謀殺，而且只要不連累到丈夫，她總會設法警告亨利爵士注意安全。事發當晚，斯泰普頓太太得知丈夫將殺害亨利爵士後，譴責了他的罪行，並準備阻止。斯泰普頓一怒之下，便把她綁在木樁上，以免她跑去警告亨利爵士，壞了他的計畫。然而，最後他的計畫依舊沒有成功，甚至還丟了自己的性命。噢！親愛的華生，我們已經忙碌了好幾個星期，是時候放鬆一下了，不如我們去聽歌劇吧，請你在半小時內準備好！」

【本篇完】

The Adventure of the Empty House

空屋歷險記

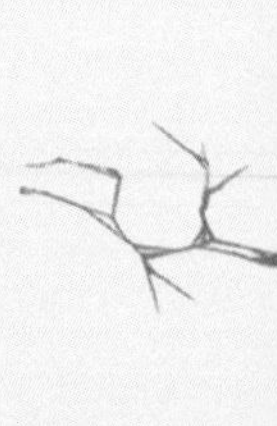

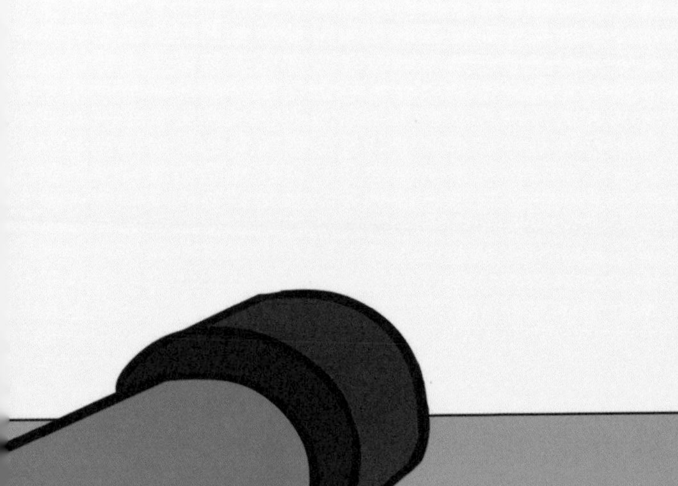

空屋歷險記

一八九四年春天，整個倫敦籠罩在一片恐怖的氣氛之中，這一切都源於震驚世人的羅奈爾得．艾岱命案。而這一年，是我的朋友福爾摩斯失蹤的第三年。在他失蹤後不久，我便搬離貝克街的公寓，讓自己不要陷入睹物思人的痛苦之中。雖然福爾摩斯不在身邊，但由於我曾與他處理過許多刑事案件，心裡已漸漸對偵探一行產生了興趣，因此覺得自己應該像他那樣著手調查此案。

羅奈爾得．艾岱是一名高級官員的兒子，與他母親和妹妹一同住在公園路427號。他沒有仇人，也沒有什麼惡習，只是非常喜歡玩紙牌，而且是好幾家紙牌俱樂部的會員。即使在他遇害的那晚，他也是在俱樂部裡玩了整晚的紙牌，而跟他一起玩牌的有莫瑞先生、約翰．哈代爵士和莫蘭上校。不過有個消息值得注意，就是幾個星期前，他曾和莫蘭上校聯手，從一位勛爵手上贏走四百二十鎊，這可不是一筆小數目！

事發當晚，他從俱樂部回到家裡大約是十點整。那時，他的母親和妹妹正在親

戚家作客。女僕證實，他回到家裡後，便直接走進自己的房間，一直到他母親和妹妹回家以前，房間裡都沒有動靜。他母親臨睡前，想去他房裡道一聲晚安，卻發現房門從裡面鎖上了。無論她如何大喊，房間裡還是一點動靜也沒有。焦急的母親命僕人把門撞開，發現兒子躺在桌邊，腦袋被一顆子彈打穿，模樣十分可怕，但現場沒有發現任何行凶的武器。桌上擺放著一堆錢，但加起來的數目不算太大。錢的旁邊還有一張紙條，上面記著幾個數字和幾個俱樂部朋友的名字，研判他遇害前，應該是在計算打牌的輸贏情況。

警方到場後，立即進行了仔細的搜索，卻無法對眼前的現象作出合理的解釋。首先，艾岱為什麼要把房門鎖上？也許這是凶手所為，他行凶後把門鎖上，再跳窗逃走。可是，出事的房間位於二樓，距離地面至少有三十英尺，且窗下的花圃也沒有被人踩過的痕跡。顯然，房間的門是死者自己從裡面鎖上的。再者，如果凶手沒有進屋，而是僅從窗外對被害人開槍，要造成如此致命的擊殺也實屬不易，除非他是個神射手。此外，公園路上總是人來人往，當時卻沒有任何人聽到槍聲。最後，根據警方調查，艾岱沒有仇人，屋裡的財物也都原封不動，那麼凶手的犯罪動機究竟是什麼呢？

對於這樣撲朔迷離的案件，我想警方大概是束手無策了。於是，某天傍晚，我來到案發現場樓下，發現有一群人正聚集在那裡。一名像是便衣偵探的人正在談論自己的推測，但他們的論點荒誕不經，與福爾摩斯相比簡直有著天壤之別。我從人群中退出來，不料撞上身後的一位身障老人，害他抱在胸前的幾本書散落一地。儘管我立刻向他道歉，並幫他撿起那些書，但他還是憤怒地罵了我幾句，才轉身離開。

繼續待在這裡似乎也無法釐清問題，我只好回到位於肯辛頓的公寓。我走進書房，陷入一陣沉思。五分鐘後，女僕告訴我有人求見，話才剛說完，一位古怪的老先生便走了進來，竟是剛才被我撞到的身障老人。老先生首先對他的粗暴態度表示歉意，並對我幫他撿起地上的書表示感謝。

「不過，你怎麼知道我住在這？」我疑惑地問。

「其實我一直是你的鄰居，教堂街轉角的小書攤就是我開的，我常常看見你經過呢！不過，先生，我建議你應該再買五本書，把書櫃第二層也填滿。」

我順著他的目光看向書櫃，當我把頭轉回來時，卻看到夏洛克．福爾摩斯正站在桌子的另一側對我微笑！我難以置信地盯著他看了好幾秒，然後嚇暈了過去。等我清醒後，發現福爾摩斯站在我身邊微笑地看著我。他看起來比以前更加清瘦、憔悴，但他的神情仍是那麼剛毅。

「親愛的華生，真抱歉，沒想到會把你嚇成這樣。」他說。

「我真不敢相信是你！你真的還活著？你怎麼從那萬丈深淵中爬出來的？」

「其實，我根本沒有真的掉下懸崖。當然，我留給你的那張字條千真萬確。當時我看到莫里亞蒂那陰險的身影堵在狹窄的小徑上，並用堅定的眼神看著我時，我以為自己的生命已經走到盡頭了。於是，我與他交換條件，所以才答應讓我寫下留給你的那張紙條。接著，我沿著那條小徑往前走，莫里亞蒂一直跟在我後方。當我走到路的盡頭時，他突然朝我撲過來。他知道自己完了，一心只想在最後與我同歸於盡。我們兩人在懸崖邊扭打成一團，後來我從他手中掙脫，而莫里亞蒂則因為失去平衡，直接跌下懸崖。我親眼看見他一直往下墜，先撞在一塊岩石上被彈出去，才落入萬丈深淵。」

「可是，我親眼看見那條小徑上沒有往回走的腳印！」我說。

「那時我想到，想置我於死地的不僅莫里亞蒂一個，他的三名手下同樣對我恨之入骨，而這三人當中，遲早有人會找到我。但是，如果全世界都相信我已經死了，這三個人就會放鬆警戒，這樣我才有機會將他們一網打盡。於是，我努力爬上身後的石壁，希望能另闢蹊徑。後來，你們到現場調查了一番，認為我和莫里亞蒂已經雙雙墜崖身亡，便帶著錯誤的判斷離開了。

「我以為自己可以從此高枕無憂了，沒想到，一塊巨大的岩石突然從天而降，與我擦身而過，掉進深淵。我抬頭一看，昏暗的天空下映出一個人頭，他顯然就是莫里亞蒂的手下。原來，我和莫里亞蒂決鬥的時候，他一直偷偷在一旁監視，並等待時機向我下手。接著，又有一塊巨石被推下來，差點砸中我的腦袋。無奈之下，我冒險往懸崖下爬。當第三塊巨石朝我砸來時，我失去平衡，身子開始往下墜。幸運的是，我掉到懸崖下的一條小徑上，大難不死，趁著四下無人，便趕緊爬起來逃走了。一星期之後，我前往義大利，後來又去周遊世界。這下子，誰都不知道我的下落。就在我認為時間已經過去夠久時，我打聽

到那三個仇人中，只剩下一人還在倫敦，於是決定回來徹底解決他。這時倫敦，四處都在談論公園路謀殺案，我愈聽愈感到好奇，於是去了案發現場，並在那裡遇見你，但我若當面與你相認，恐怕會引起旁人的注意，所以我才假裝憤怒地喝斥並避開你。」

我還想讓他再講下去，但福爾摩斯堅持說：「三年的往事一下子怎麼說得完？何況我們馬上就要開始一場空屋歷險了！」

說完，他便拉著我出門，坐進一輛馬車。福爾摩斯雙眉緊鎖，閉目沉思，從他的神態來看，相信這將是一次十分危險的行動。穿過數條僻靜的小巷後，我們下了馬車，福爾摩斯帶著我穿梭在窄巷裡。最後，我們躍過一扇木製柵門，走進一個無人的院子。他取出鑰匙，打開房屋的後門。我們一起進屋，然後將門反鎖。

房裡一片漆黑，但明顯是一所空屋。福爾摩斯領著我來到一扇積滿灰塵的窗前。他告訴我，窗外就是貝克街，而且這窗口還正對著他房間的窗戶。我朝那裡望去，吃驚地叫出聲。那扇我熟悉的窗戶放下了窗簾，屋裡點著燈，窗簾上清晰地映著一個人影。從那人的輪廓來看，簡直與福爾摩斯本人一模一樣。

「這太神奇了！」我大叫。

「這得歸功於我的一個朋友，他花了好幾天的時間，才做出那尊蠟像。」

「可是，你為什麼要這麼做？」

「因為我希望別人認為我在屋子裡。」

「你覺得有人在監視你的住所？」

「當然。莫里亞蒂的手下都知道我還活著，而且他們相信我遲早會回到這裡。今天早上，當我在布置房間時，偶然抬起頭朝窗戶望去，發現有人正在監視我。那人是莫里亞蒂的手下，也是倫敦最狡猾、最危險的罪犯。在懸崖上朝我砸下巨石的正是他。今晚，他正加緊腳步在布署，試圖將我手到擒來，但他卻沒料到，我也剛好想逮住他。」

我們靜靜地待在空屋，注視著窗外來來往往的行人。福爾摩斯繃緊神經，肅目以待，只要目標一出現，他就會立刻行動。沒過多久，外面大街上已空無一人，但福爾摩斯似乎察覺到某些異樣。他猛地拉著我，退到角落的暗處，並捂住我的嘴。

忽然，一陣輕輕的腳步聲從這所空屋後方傳來。我們兩個馬上握緊槍，緊靠牆壁蹲下，嚴陣以待。矇矓中，我看見一個模糊的人影偷偷地走進屋，完全沒發現我們的存在。他從我們旁邊走過，悄悄地靠近窗臺，把窗戶推上去半英尺。當他跪下

來靠近窗口時，街上的燈光將他的模樣照得清清楚楚。他戴著一頂可以折疊的大禮帽，外套領口露出晚禮服的白襯衫。他手裡拿著一根神似拐杖的物品，把玩了好一陣子，最後發出「咔噠」一聲。當他把那個東西舉起來時，我才發現那是一支形狀特異的槍。他把槍架在窗臺上，瞄準對面窗戶的人影，扣下板機，擊碎了窗戶。就在這一剎那，福爾摩斯像頭老虎似地朝他撲過去，將他扳倒在地。不過，對方立刻爬起來，反過來掐住福爾摩斯的喉嚨，我立即衝過去用槍柄重擊他的頭部，他當場昏了過去。福爾摩斯吹了一聲刺耳的警笛，幾名員警很快衝進空屋。

「福爾摩斯先生，很高興看見你回到倫敦！」萊斯特雷德說。

罪犯被其他員警戴上手銬，萊斯特雷德則點了兩支蠟燭，往罪犯臉上照去。那是一張凶狠又奸詐的面孔，雙眼緊緊盯著福爾摩斯，眼中充滿仇恨。

「啊，自從上次在懸崖下承蒙你的關照後，我就沒有再見到你呢！」福爾摩斯說，「先生們，這位就是莫蘭上校，他曾是軍隊裡最優秀的射擊手。可是，這一次，卻掉入我設下的簡單圈套。」

說著，福爾摩斯從地板上撿起那支模樣奇特的氣槍，仔細觀察：「這真是一件罕見的武器，無聲且威力極大。萊斯特雷德，現在就交給你保管吧！再告訴你一件事，他不僅是莫里亞蒂犯罪組織的成員，還是公園路謀殺案的凶手。那天，他就是用這把氣槍殺害羅奈爾得．艾岱。那麼，犯人就交給你們了。」

隨後，我跟著福爾摩斯回到他的住所，並請他再說一說公園路謀殺案和莫蘭上校之間的關係。他說：「莫蘭上校曾經是名優秀的軍人，後來卻墮落了。他加入犯罪組織，並成為莫里亞蒂的參謀長。那支威力巨大的氣槍我早有耳聞，也推測出持槍的人，肯定是個一流的射擊手。

「為了展開反擊，我持續留意報章上有關犯罪的各種報導，希望能找到擊敗他的線索。當我讀到羅奈爾得．艾岱慘死的報導後，發現案發現場的種種跡象都顯示，除了莫蘭上校，沒有人能犯下這種奇案。我推估他是先和艾岱一起玩牌，等牌局結束便尾隨在他身後，待艾岱回到房裡，他就對準敞開的窗戶開槍行凶。於是，我立即回到倫敦，想將莫蘭上校繩之以法，但馬上就被他發現了。聰明的他肯定會聯想到我的歸來與他犯的案子有關，因此我判斷，他會儘快找機會再用氣槍把我除掉。於是，我便以蠟像為誘餌，將他引出來，並事先請求警方的協助。其實，我只是想監視他的犯行，才躲在那個空屋，沒想到他也選擇了同一個地方進行暗殺。」

我問：「你還沒告訴我，莫蘭上校謀殺羅奈爾得．艾岱的動機是什麼。」

「我想這不難解釋。根據警方的調查，莫蘭上校曾經和艾岱合夥贏得了一大筆錢，而那些錢都是靠莫蘭上校慣用的作弊手段贏來的。正直的艾岱肯定發現了這件事，並且私下對莫蘭上校說，除非他主動退出俱樂部並答應從此不再玩牌，否則就要揭發他。但是，對於靠玩牌騙錢為生的莫蘭上校來說，離開俱樂部就等於切斷他唯一的生路，所以他就把艾岱殺了。那天晚上，艾岱正在計算自己該退還多少錢，因為他不願從作弊中獲利，他鎖上門也是為了防止他母親和妹妹進來詢問這件事。以上就是事情的真相。值得慶幸的是，莫蘭上校不會再來找我們的麻煩了，我終於可以安心地生活了！」

【本篇完】

The Mazarin Stone

王冠寶石案

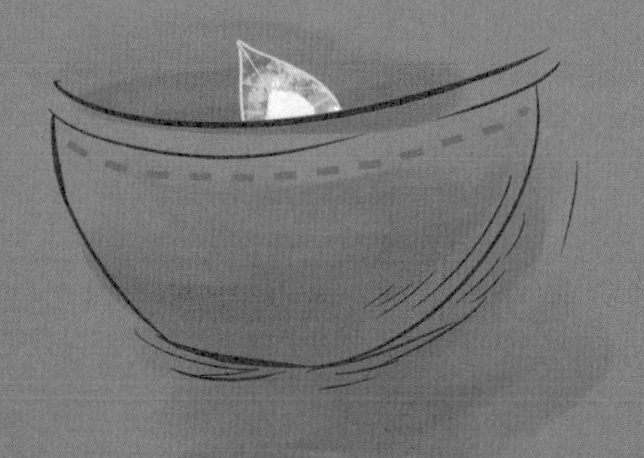

王冠寶石案

今天，我來到福爾摩斯位於貝克街的住所。男僕畢利告訴我，這幾天福爾摩斯正忙於一樁王冠寶石失竊案。「昨天，他扮成一名找工作的流浪漢，今天又化妝成一位老太太，差點連我都被騙了！你看，這就是他化妝成老太太用的道具。」畢利指著沙發旁一把皺巴巴的陽傘說。

「據說那顆寶石非常值錢，價值約十萬英鎊，所以連首相和內閣大臣都親自來關心案情。不過，有一位坎特米爾勛爵根本不相信福爾摩斯先生的能力，並極力反對由他來承辦這個案子。在我看來，他巴不得福爾摩斯先生辦案失敗呢！」畢利繼續說。

「不用理他，我們倒希望福爾摩斯能儘快破了這件案子，對嗎？咦，為什麼那扇窗戶掛著一塊布簾啊？」我問。

「這個是福爾摩斯先生三天前吩咐我掛上去的，那後面有一個有趣的東西。」畢利走過去，把布簾掀開。

「啊！」我不禁驚呼一聲，原來是我曾見過的福爾摩斯蠟像。畢利將蠟像的頭摘下來，說：「福爾摩斯先生把蠟像的頭設計成活動式，方便擺成各種不同的角度，讓模樣更逼真。若不拉上窗簾，我實在不敢觸碰這尊蠟像，因為在馬路那頭也看得見。」畢利一邊說著，一邊拉開布簾，朝窗外張望，「咦，對面那個窗戶裡，有一個人正在監視著我們！」

正當我準備湊過去看時，房門猛地被人打開，原本正在休息的福爾摩斯一個箭步衝到窗前，迅速地把布簾拉上。「千萬別動，你這樣做是有生命危險的！畢利，你先出去吧。」

「什麼危險？」我不解地問。

「我們正面臨被暗殺的危險！」

「你在開什麼玩笑！」

「你認為我在說笑嗎？雖然我的幽默感有限，但也絕不會拿生命開玩笑！趁現在還沒出事，請你把這起案子的凶手姓名、地址記下來。凶手是納托雷托．西維亞斯伯爵，地址是莫賽特花園街136號。」

我這才相信福爾摩斯確實有性命之憂，我問：「那為什麼不直接請員警逮捕這傢伙？」

「因為我還不知道王冠寶石究竟藏在什麼地方。雖然魚兒現在已在我的網中，但沒拿回寶石，即使收網也沒用。」福爾摩斯說：「西維亞斯伯爵就是我的魚，而且是一條狡猾、凶殘的鯊魚；另一條魚是拳擊手塞姆·莫頓，這個呆頭呆腦的傢伙只能算是一條傻白楊魚。他的本性並不壞，只可惜一直被伯爵利用。」

「你不擔心他們逃走嗎？」

「這點我當然考慮過。今天上午，我假扮成一位老太太跟蹤伯爵時，不小心把陽傘掉在地上，他竟然好心地替我撿起來呢！後來我繼續跟蹤他，一路到了一家氣槍專賣店。我認為他剛入手的氣槍現在正架在對面的窗臺前，而這尊蠟像的頭隨時有可能被子彈打穿。」

正說著，畢利急急忙忙地跑進來，將一張名片遞給福爾摩斯。福爾摩斯接過後看了一眼，臉上露出微笑，「噢！鯊魚來了。看來他已經察覺到我準備收網，這倒是有點出乎我的意料。」

「我們趕快報警吧！」我說。

「的確要報警，但不是現在。你看，那個在街上蹓躂的人，他就是塞姆·莫頓。

畢利，等會兒西維亞斯伯爵造訪，你去把他帶上來。要是我不在房裡，你也讓他進來。」

等畢利出去後，我焦急地對福爾摩斯說：「你這樣做太危險了，這個人可能是來謀殺你的啊！」

「沒事的，你只要把這個送到警察局，然後再跟員警一起趕過來，就可以逮捕這傢伙了。」說著，福爾摩斯在紙上匆匆寫下幾行字，塞進我手中，我只得照辦。

後來，據福爾摩斯所說，幾分鐘後，畢利把伯爵領進空無一人的起居室。這位伯爵是一名體格魁梧、皮膚黝黑的男子。他機警地觀察四周，似乎擔心房裡布滿陷阱。當他赫然發現窗前安樂椅上的蠟像時，立刻揮起手上的粗手杖，準備朝它打下去。就在這時，房間門口傳來一個沉著的聲音：「別把它打壞了，伯爵。」伯爵嚇得手一縮，驚恐地回頭看著福爾摩斯。

「這個玩意兒不錯吧？」福爾摩斯一邊說，一邊朝蠟像走去，「這出自一位

著名的雕塑家之手，他做蠟像的技巧不亞於你朋友做氣槍的技術哦！請坐，我正想找你聊一聊呢！」

伯爵惡狠狠地說：「我之所以會來，是想與你談判。當然，我不否認剛才真想狠狠揍你一頓，因為你專門跟我作對，還派爪牙跟蹤我。昨天是一個老頭，今天又是一個老太太，他們盯了我一整天！」

「哎呀，看來我的化妝技術真的很了不起呢！」福爾摩斯笑著說。

「什麼？難道那些都是你本人？」

福爾摩斯聳了聳肩，說：「不信嗎？你看，你替我撿起來的那把陽傘就在那裡呢！」

「哼！你這傢伙為什麼要跟蹤我？」

「沒為什麼。伯爵，我聽說你曾在阿爾及利亞獵過獅子，對吧？」

「那又怎樣？」

「你這麼做是出於什麼原因呢？」

「原因？為了好玩、為了刺激、為了冒險，也為了替國家除害！」

「這也正是我的理由！」

伯爵嚇得從椅子上跳起來，手不由自主地往褲子後面的口袋摸去。

福爾摩斯見狀，立刻大喊：「別亂動！我還有一個更具體的理由，那就是我要那顆王冠上的寶石。」

伯爵往椅背上一靠，臉上露出狡猾的笑容，說：「原來是為了這個。我怎麼可能交給你呢？」

「你一定會如實照做。我相信你早就知道我是因為這件事盯上你的，而你今天來的目的就是想探聽虛實，看我究竟掌握了多少線索吧？如果你老實點，我們還可以協商，否則，情況對你很不利。」福爾摩斯悠哉地說。

接著，他拉開抽屜，取出一本厚厚的記事本，繼續說道：「知道這裡面記著什麼嗎？全是你不光彩的紀錄。比如哈樂德老太太的死亡真相、沃倫黛小姐的事件，還有火車搶劫案的記錄，以及里昂銀行的支票偽造案。我除了掌握著這些資訊，還相當瞭解你和你的手下在王冠寶石案中扮演的角色。我還找到了帶你離開白金漢宮的車夫，也知道艾奇．桑德斯不肯幫你分割寶石，而且他也已經向警方自首了。伯爵，你是一個聰明人。現在，你最好乖乖合作，否則你將被判處二十年有期徒刑，就連莫頓也是。不過，我的主要任務是拿回寶石，所以如果你識相地交出寶石，我可以考慮放你一條生路。」

伯爵愈聽愈緊張，連額頭上的青筋都浮起來了，他咬牙切齒地說：「如果我不交出來呢？」

「那很遺憾，我只能先放棄寶石，把你送進監獄。」福爾摩斯按了一下呼叫鈴，畢利馬上走進來。「伯爵，你不是還有一位朋友在樓下等著嗎？我覺得他也應該擁有發言權。畢利，把門外那個高大的先生請上來。」

等畢利走後，伯爵立刻起身，將一隻手迅速伸到背後，想拿出暗藏的手槍。福爾摩斯對此則顯得異常冷靜，說：「朋友，別枉費心機了，就算我給你足夠的時間拿槍，你也未必敢開槍。哈，我看你沒帶氣槍吧？手槍的槍聲可不小，你認為你逃得掉嗎？噢，你的手下來了。你好，莫頓先生。」

這位拳擊運動員是一個體格十分健壯的小夥子，黝黑的臉上顯露出幾分傻氣。他一臉茫然地站在門口，對於福爾摩斯從容親切的態度感到不知所措。福爾摩斯對著他說：「莫頓先生，請允許我用一句成語來形容你們現在的情況，那叫做『事跡敗露』。」

「伯爵，這傢伙在開玩笑嗎？」

福爾摩斯說：「莫頓先生，你認為我有空和你說笑嗎？我現在得去隔壁的房間練小提琴了，你們應該都不知道我還有這種嗜好吧？五分鐘後，我再回來聽你們的答覆——看是交出你們自己，還是交出寶石！」福爾摩斯從牆角拿起小提琴，走了出去。不一會兒，房間裡便傳來淒婉、悠揚的琴聲。

「到底是怎麼回事？難道這傢伙真的知道有關寶石案的全部情況了？」莫頓焦急地問。

「他說艾奇已經自首，並出賣了我們！」伯爵憤怒地說。

「什麼？我一定要宰了他！」

「那有什麼用？我們得趕緊決定該怎麼辦！」

莫頓謹慎地看了看四周，說：「那傢伙非常狡猾，他會不會偷聽我們的談話？」

「他正在拉琴，怎麼可能聽得見？」

「說得也是。咦，布簾後面居然有他的蠟像！不只長得跟他一模一樣，還穿著睡衣呢！」

「我們沒有多少時間了！他剛才說，只要我們交出寶石，就放我們走……別想用槍！他早已做好充分的準備，要是我們開槍，便難從這個熱鬧的區域逃走。再說，他很有可能已經把他掌握的證據提供給警方了。咦？什麼聲音？」窗口處似乎傳來一聲沉悶而模糊的聲響。兩個人立即轉過身，卻什麼也沒發現，除了原本就在那裡的蠟像。

「大概是街上的聲音吧。伯爵，你是個聰明人，一切都由你決定！」莫頓說。

「讓我想想……其實，寶石就在我的口袋裡，因為把它藏在任何地方我都不放心。如果今晚能將它運出英國，星期日以前就能在阿姆斯特丹把它切成四塊了。現在，你我之中必須有一個人帶著它溜出去！至於福爾摩斯那傢伙，我們只要告訴他假線索，讓他去追查，等他發現自己上了當，我們早已在荷蘭了！」

「這主意不錯！那我來負責運送寶石吧！」莫頓興奮地說。

「好，就這麼決定！我留下來對付那個狡猾的傢伙。喏，拿去。」伯爵將寶石小心翼翼地從口袋裡拿出來。

就在莫頓準備伸手去拿時，突然，椅子上的蠟像一躍而起，一把搶走了寶石。同時，舉起一支手槍指著伯爵的額頭。這突如其來的變故使兩人不知所措，過了一會兒才如夢初醒。這時，福爾摩斯一面按下呼叫鈴，一面對兩人喊話：「不要動！

員警就在樓下，此時反抗等於自取滅亡！」

伯爵心中的困惑早已超過了他的憤怒和恐懼，他結結巴巴地問：「你……你究竟是從什麼地方衝過來的？」

「確實有些令人吃驚吧？其實，隔壁房間有一道暗門直通這個布簾後面。當你們在商量的時候，我便趁機搬走蠟像，雖然不小心發出了一點聲響，但幸運的是你們居然沒有過來查看，因此我才有機會躲在那裡，偷聽你們的對話。」

遲鈍的莫頓仍呆立在原地，直到吵雜的腳步聲從樓梯口響起，他才疑惑地問道：「那琴聲是怎麼回事？現在還在響呢！」

「這都要多虧留聲機，它真是個了不起的發明啊！」福爾摩斯回答。

員警蜂擁而入，犯人被戴上手銬後，隨即被押上馬車。過了一會兒，畢利進來通報：「坎特米爾勛爵來訪。」

沒多久，一位清瘦、莊嚴的人走進來。福爾摩斯熱情地迎上前，並握住他那雙僵硬的手，說：「坎特米爾勛爵，您好！我來幫您脫掉大衣吧！」

「不用了，謝謝。」坎特米爾勛爵冷冷地回絕，但福爾摩斯仍緊緊拉著他的袖子不放。

坎特米爾勛爵不耐煩地推開他的手，說：「我只想問你，你自願接手的案子進展如何？」

「非常難辦。」

「我就知道你會這麼說。」坎特米爾勛爵諷刺地說：「福爾摩斯先生，我不否認人的能力有限，但得意忘形這種毛病確實應該改一改。」

「我確實相當得意，因為我們現在就可以請檢察官起訴寶石竊盜犯了。」

「但你得先捉住他們啊！」勛爵說。

「沒錯。不過，我們該如何起訴竊贓者呢？」

「你不覺得現在談這種問題還太早嗎？」

「是嗎？我覺得未雨綢繆也沒什麼不好。您認為讓竊贓者俯首認罪的依據是什麼？」

「他的手中實際握有寶石。」

「那您會逮捕手中握有寶石的人嗎？」

「毫無疑問。」勛爵說。

聽完勛爵的回答，福爾摩斯突然放聲大笑。在我的記憶中，他從來沒有這樣大笑過，「那麼，勛爵，我不得不遺憾地告訴您，您將面臨被逮捕的命運。」

坎特米爾勛爵氣得臉色發白，他用顫抖的手指著福爾摩斯怒斥：「你太放肆了！在我五十年的公務員生涯中，從來沒有人敢這樣說我！我是一個公務繁忙、職責重大的人，沒時間聽你說這種無聊的玩笑。其實，我從來沒有相信過你的能力，而你剛才的行為也證實了我的判斷。再見！」

坎特米爾勛爵正要轉身離開時，福爾摩斯立刻擋在門前，說：「我會讓您走的，勛爵。不過，請您先摸一摸大衣右邊的口袋。」

勛爵不情願地照做，忽然，他的臉色變得慘白，從口袋裡拿出那顆碩大的寶石。他激動地問福爾摩斯：「噢！這是怎麼回事，福爾摩斯先生？」

「真抱歉，勛爵！」福爾摩斯笑容滿面地說，「我這個人有一個非常愛開玩笑的壞毛病。其實，在我要求為您脫掉大衣時，就已經把寶石放進您的口袋裡了。」

【本篇完】

照片來源：Wikimedia Commons

1. 作者，柯南．道爾
作者：Walter Benington
日期：1914 年
來　源：https://commons.wikimedia.org/wiki/File:Arthur_Conan_Doyle_by_Walter_Benington,_1914.png
授權許可：作品屬於公共領域

2. 1887 年以〈血字研究〉為主題的《比頓聖誕年刊》封面
作者：David Henry Friston
日期：1887 年 12 月
來源：從 en.wikipedia 轉移至 Commons
授權許可：作品屬於公共領域

3. 愛丁堡大學
作者：LW Yang, USA
日期：2016 年 2 月 23 月
來源：個人作品
授權許可：本文件根據知識共享署名 2.0 通用許可證授權。

4. 指紋鑑別方式
作者：Vivien Rolfe
日期：2012 年 7 月 11 月
來源：https://www.flickr.com/photos/biologycourses/7550742590/
授權許可：本文件採用知識共享署名 - 相同方式共享 2.0 通用許可協議授權。

5. 福爾摩斯與華生
作者：Sidney Paget
日期：1893 年 9 月
來源：Strand Magazine
授權許可：作品屬於公共領域

6. 英國倫敦貝克街 221B 的「福爾摩斯紀念館」
作者：Jordan 1972 (Wikimedia commons 的用戶）
日期：2007 年 10 月
來源：個人作品
授權許可：此作品已由其作者釋出至公共領域。

7. 瑞士邁林根的「福爾摩斯紀念館」
作者：Michael Yew (flickr 的用戶）
日期：2002 年 7 月 1 月
來源：https://www.flickr.com/photos/8820084@N02/2435809200/
授權許可：此文件根據知識共享署名 2.0 通用許可證授權。

8. 福爾摩斯與莫里亞蒂教授，〈最後一案〉故事場景
作者：Sidney Paget
日期：1892 年
來源：由 Maniago（Wikimedia commons 的用戶）從 en.wikipedia 轉移至 Commons；原上傳至 en.wikipedia 者為 DrBat（Wikipedia 的用戶）。
授權許可：作品屬於公共領域

9. 瑞士，賴興河瀑布
作者：Audrius Meškauskas
日期：2006 年 8 月 2 日
來源：個人作品
授權許可：我，本作品的版權所有人，決定用以下授權條款發布本作品：此檔案採用創用 CC 姓名標示 - 相同方式分享 3.0 未在地化版本授權條款。

以人為鏡，習得人生

正直、善良、堅強、不畏挫折、勇於冒險、聰明機智……
有哪些特質是你的孩子希望擁有的呢？
又有哪些典範是值得學習的呢？

【影響孩子一生的人物名著】
除了發人深省之外，還能讓孩子看見
不同的生活面貌，一邊閱讀一邊體會吧！

★ 安妮日記

在納粹占領荷蘭困境中，表現出樂觀及幽默感，對生命懷抱不滅希望的十三歲少女。

★ 清秀佳人

不怕出身低，自力自強得到被領養機會，捍衛自己幸福，熱愛生命的孤兒紅髮少女。

★ 湯姆歷險記

足智多謀，正義勇敢，富於同情心與領導力等諸多才能，又不失浪漫的頑童少年。

★ 環遊世界八十天

言出必行，不畏冒險，以冷靜從容的態度，解決各種突發意外的神祕英國紳士。

★ 海蒂

像精靈般活潑可愛，如天使般純潔善良，溫暖感動每顆頑固之心的阿爾卑斯山小女孩。

★ 魯賓遜漂流記

在荒島與世隔絕28年，憑著強韌的意志與不懈的努力，征服自然與人性的硬漢英雄。

★ 福爾摩斯

細膩觀察，邏輯剖析，揭開一個個撲朔迷離的凶案真相，充滿智慧的一代名偵探。

★ 海倫・凱勒

自幼又盲又聾，不向命運低頭，創造語言奇蹟，並為身障者奉獻一生的世紀偉人。

★ 岳飛

忠厚坦誠，一身正氣，拋頭顱灑熱血，一門忠烈精忠報國，流傳青史的千古民族英雄。

★ 三國演義

東漢末年群雄爭霸時代，曹操、劉備、孫權交手過招，智謀驚人的諸葛亮，義氣深重的關羽，才高量窄的周瑜……

影響孩子一生名著系列 27
福爾摩斯
觀察入微的絕頂偵探．機智勇敢的正義使者
ISBN 978-986-97496-1-9 / 書 號：CCK027

作　　者：柯南．道爾 Conan Doyle
主　　編：陳玉娥
責　　編：陳沺璇、張雅惠
插　　畫：汪喬安
美術設計：蔡雅捷、鄭婉婷
照片來源： Wikimedia Commons

出版發行：目川文化數位股份有限公司
總 經 理：陳世芳
發行業務：劉曉珍
法律顧問：元大法律事務所 黃俊雄律師
地　　址：桃園市中壢區文發路 365 號 13 樓
電　　話：(03) 287-1448
傳　　真：(03) 287-0486
電子信箱：service@kidsworld123.com
畫撥帳號：50066538

國家圖書館出版品預行編目 (CIP) 資料
福爾摩斯 / 柯南．道爾作．-- 初版．--
桃園市：目川文化，2019.05
面；　公分．--（影響孩子一生的人物名著）
ISBN 978-986-97496-1-9（平裝）
873.59　　108004720

網路書店：www.kidsbook.kidsworld123.com
網路商店：www.kidsworld123.com
粉 絲 頁：FB「悅讀森林的故事花園」

印刷製版：長榮彩色印刷有限公司
總 經 銷：聯合發行股份有限公司
地址：新北市新店區寶橋路 235 巷 6 弄 6 號 4 樓
電話：(02) 2917-8022
出版日期：2019 年 5 月（初版）
定　　價：280 元

建議閱讀方式

型式	圖圖圖	圖圖文	圖文文		文文文
圖文比例	無字書	圖畫書	圖文等量	以文為主、少量圖畫為輔	純文字
學習重點	培養興趣	態度與習慣養成	建立閱讀能力	從閱讀中學習新知	從閱讀中學習新知
閱讀方式	親子共讀	親子共讀 引導閱讀	親子共讀 引導閱讀 學習自己讀	學習自己讀 獨立閱讀	獨立閱讀